Jule Herzflug

Alltagsepisoden von Schein und Sein, von Täuschung und Wahrheit

Der vermeintlich großzügige Freund
und andere Geschichten

© 2014 Jule Herzflug, Berlin
Herstellung und Verlag:
BoD – Books on Demand, Norderstedt
ISBN 978-3-7357-3808-0

Bibliografische Information der Deutschen Nationalbibliothek:
Die Deutsche Nationalbibliothek verzeichnet diese Publikation
in der Deutschen Nationalbibliografie; detaillierte
bibliografische Daten sind im Internet über http://dnb.d-nb.de
abrufbar.

Über das Buch

Schein und Sein, Täuschung und Wahrheit.

In acht Kurzgeschichten begegnen wir ganz unterschiedlichen Menschen, die in ihrem Alltag zwischen Schein und Sein, zwischen Täuschung und Wahrheit, gefangen sind.

Welches Geheimnis verbirgt die hübsche Sekretärin Jana, die so ein fundiertes Wissen in Quantenphysik hat? Wieso spielt Katrines Freund Palle im Urlaub immer dann den Großzügigen, wenn ihre beste Freundin Merrit auftaucht? Warum ist Angelika so traurig, während sich ihr Freund Paul als Weltverbesserer betätigt? Ist Olivia, die Homecoming Queen beim Klassentreffen, wirklich so ein strahlender Star, wie sie nach außen vorzugeben scheint? Wie soll Thomas, der zwischen dem Ansehen seiner konservativen Familie in einem Alpendorf und dem Ausleben seiner großen Liebe hin- und hergerissen ist, sich entscheiden? Und warum befindet sich Juliane auf einmal in einer anderen Realität voller schwingender Farben, Strukturen und Formen?

Die Geschichten handeln von Täuschungen und Wahrheit, von Selbsttäuschungen und Enttäuschungen, vom Anderssein, vom Druck der Gesellschaft und von der Wahrung des äußeren Scheins. Das Ganze ist fein gewürzt mit einer Prise Humor und raffiniert abgeschmeckt mit einem Schuss Romantik. Vor allem aber gibt es in diesen Geschichten nicht immer ein einfaches Schwarz-Weiß-Muster, wenn man zwischen Schein und Sein gefangen ist.

Diese Geschichte ist frei erfunden und ein Produkt meiner Phantasie. Ähnlichkeiten mit real existierenden Personen und Begebenheiten sind rein zufällig. Aber gewiss können wir den einen oder anderen Charakter auch im wirklichen Leben treffen, wenn wir nur mit offenen Augen durch die Welt gehen...

Alltagsepisoden von Schein und Sein, von Täuschung und Wahrheit

Die vermeintliche Homecoming-Queen..................3

Der vermeintlich großzügige Freund..............32

Die vermeintliche Assistentin........................50

Der vermeintliche Weltverbesserer...............65

Der vermeintliche Mikrokosmos...................76

Das vermeintlich souveräne Ergrauen............84

Die vermeintlich Tolerante..........................91

Selbsttäuschung! Die vermeintlich optimale Verabredung...................................118

Die vermeintliche Homecoming-Queen

Das Licht der Sonne ist gleißend.
Egal, wo Maureen hinsieht, überall befinden sich Weizenfelder und riesige Flächen mit vertrocknetem Gras. Das Land ringsum ist wie ausgedörrt. Es gibt kaum grüne Oasen, die Schatten spenden und das grelle Licht der Sonne zu absorbieren vermögen, dass es nicht ganz so stark blendet. Nur ab und an taucht wie aus dem Nichts ein stark bewässerter Golfplatz auf, der wie eine knallgrüne Pfütze in der sonst so ausgetrockneten Umgebung wirkt.
Seit einer gefühlten Ewigkeit fährt Maureen durch die monotone Landschaft des mittleren Westens der USA. Obwohl sie erst seit sieben Stunden unterwegs ist, sehnt sie sich bereits zurück nach ihrem Zuhause in Boulder, Colorado.
Ja, bereits jetzt, nach dieser kurzen Zeit, verspürt sie regelrechtes Heimweh nach ihrer alternativen Wohngemeinschaft und ihrem bunten Häuschen, das am Stadtrand direkt an den Ausläufern der Rocky Mountains gelegen ist. Bereits jetzt vermisst sie ihre Freunde James und Michael, mit denen sie seit zwei Jahren eine glückliche, polyamore Beziehung führt.
„Viel Spaß bei deinem Trip in die bürgerliche Vergangenheit!", hat James augenzwinkernd beim Abschied gesagt, während er sich genüsslich einen Joint drehte.

Seufzend drückt Maureen auf das Gaspedal.
Vielleicht ist es wirklich eine super-blöde Idee gewesen, zurück in ihre Heimatstadt zu fahren. Zurück in dieses mega-konservative 10.000-Seelendorf, das ganze 37 Kirchen zählt.
Sogar ihre Eltern sind inzwischen von hier weggezogen, weil ihnen alles zu klein und zu eng geworden ist. Leider aber erst, nachdem Maureen die Schule vollendet hatte, so dass es ihr nicht mehr viel nützte.

Nach zwei weiteren Stunden nähert sich Maureen unaufhaltsam ihrem Ziel.

Sie blinkt und verlässt den Highway.
666 Meilen hat sie mit dem Auto hinter sich gebracht.
Ganze 666 Meilen, um zum zwanzigjährigen Jubiläum ihres High School-Jahrgangs zu fahren.
Zu ihrer *High School Reunion*.
Maureen seufzt abermals. Es muss wirklich ein Pferd mit ihr durchgegangen sein, als sie sich vor ein paar Wochen freiwillig zu diesem *Reunion*-Ereignis angemeldet hat!

„*Welcome to Memory Lane-Ville*", steht auf dem hölzernen Begrüßungsschild an der Ortseinfahrt.

Alles wirkt genauso wie früher. Als ob sich überhaupt nichts verändert hätte.
Und wieder muss Maureen seufzen.
Wahrscheinlich gibt es hier sogar nach wie vor am Wochenende die Ausgangssperre für Minderjährige, den sogenannten *Curfew*, ab punktgenau 12:01 Uhr nachts.
Wie sehr sie den *Curfew* in ihrer Jugend gehasst hat!
Ständig musste Maureen als Teenager auf der Hut sein, um nicht irgendwie mit dem Gesetz in Konflikt zu geraten. Dabei hatte sie weder harte Drogen konsumiert noch sonst irgendetwas Unrechtes getan. Sie hatte einfach nur Party gemacht. Aber ein Übertreten des *Curfews* reichte für einen Teenager bereits völlig aus, um unangenehmen Konsequenzen durch die Polizei ausgesetzt zu sein. Erst jetzt in Colorado, wo neuerdings sogar Cannabis legal ist, lebt Maureen endlich das unabhängige, liberale und freie Leben, nach dem sie sich in ihrer Jugend so sehr gesehnt hat.

Maureen schaltet das Autoradio ein.
„*The Tears of a Clown*" läuft auf einem der Sender.
Der Liedtext passt hervorragend zu ihrer Stimmung.
Denn musste sie zu High School-Zeiten nicht auch immer konstant ein Lächeln aufsetzen, damit sie auf ihre

Mitschüler glücklich wirkte, obwohl sie die meiste Zeit vor lauter Einsamkeit am liebsten geweint hätte?

The Tears of a Clown.

Die coolen Cheerleader und Football-Spieler machten damals einen riesengroßen Bogen um Maureen.
Denn sie galt als uncool.
Als uncool und mega-out, weil sie freiwillig Bücher über Physik und indianische Geschichte las, anstelle sich bei den Cheerleadern zu engagieren. Weil sie stets andere Interessen verfolgte und beim Sex ein ausgesprochener Spätzünder war. Weil sie als zu vergeistigt und verschroben galt.
Kurzum, weil sie anders als die Anderen war. Bis heute.
Erst nach ihrem Studium hat Maureen in ihrer Wohngemeinschaft in Boulder endlich Menschen gefunden, die genauso ticken wie sie. Die sie nicht verschroben und anders, sondern ausgesprochen liebenswert finden. Und die sie aufrichtig lieben. Bis heute.

Es ist absolut widersprüchlich. Denn trotz aller Traurigkeit hatte Maureen die ganze Schulzeit über stets gelacht und Witze gemacht, um ihre Tränen zu verbergen.
Wie ein Clown.
Oh ja, es war wirklich so. Ein strahlendes Lachen, um die Tränen zu verbergen.
Vielleicht ein Widerspruch in sich, aber der Liedtext passt perfekt!

The Tears of a Clown.

Maureen seufzt ein letztes Mal, während sie durch die Straßen ihres Heimatkaffs gurkt.

Oh nein, es ist wirklich eine bescheuerte Idee gewesen, aus purer Neugierde zu ihrer *Class Reunion* zu fahren!

Dann setzt Maureen ein künstliches strahlendes Lächeln auf. Denn sie ist bald am Ziel.

****

„*I feel good*", tönt es in voller Stärke aus den Lautsprechern ihres exklusiven Mietwagens, den sie sich gleich nach ihrer Ankunft am Tulsa International Airport organisiert hat.
Eine leichte, frische Brise Fahrtwind streicht ihr um die Nase.
Olivia hat das Verdeck des knallroten Cabriolets zurückgefahren und fährt gut gelaunt durch die sengende Hitze. Der Fahrtwind spielt mit dem kostbaren Seidentuch, welches sie sich locker um den Kopf gebunden hat.
Ab und an singt Olivia fröhlich eines der Soul-Lieder im Radio mit. Zwischendurch wirft sie immer wieder einen prüfenden Blick in den Rückspiegel, ob ihr Make Up auch nicht verlaufen ist.
Aber Olivia sieht einfach absolut blendend aus. Wie frisch aus dem Ei gepellt.
So ist es bereits zu High School-Zeiten gewesen, und so ist es natürlich auch heute noch, wo sie als erfolgreiche Brokerin in New York City arbeitet.
Trotz ihres mondänen, weltgewandten Auftretens, ihres exklusiven Kleidungsstils und ihres exquisiten Geschmacks, was Design und Restauration betrifft, fühlt sich Olivia ihrer Heimatstadt zutiefst verbunden. Denn hier an der High School hat schließlich alles angefangen. Ihre Erfolgslaufbahn, die sich nach der Schulzeit unermüdlich fortgesetzt hat. Und das sowohl im privaten als auch im beruflichen Bereich.

Etwas mehr als siebzig Meilen muss Olivia vom Flughafen in Tulsa aus zurücklegen, um nach Memory Lane-Ville zu gelangen.

Schon die ganze Fahrt über fühlt es sich an, als ob lauter Schmetterlinge in ihrem Bauch herumflattern. So

glücklich und gelöst fühlt sich Olivia bei dem Gedanken, die Orte ihrer Vergangenheit aufzusuchen. Ihre *High School Class Reunion* kann Olivia nämlich kaum erwarten. Bereits seit Monaten fiebert sie diesem großen Ereignis entgegen und freut sich unbändig darauf, ihre ehemaligen Mitschüler zu treffen.
Die werden alle Augen machen!

Klar ist sie an der High School schon immer der große Star gewesen.
Nicht nur hat sie, die als Schülerin wie gedruckt Einsen schrieb, alle als ein ausgesprochener *straight A-student* beeindruckt. Oh nein, sie war auch sozial perfekt integriert!
Involved, wie es damals alle nannten.
Olivia is so involved.

Gleich bei ihrer ersten Kandidatur als Homecomig Queen wurde Olivia mit überwältigenden neunzig Prozent von den Mitschülern gewählt.
So etwas hatte noch niemand zuvor in der kompletten Historie der High School geschafft!
Wie an vielen anderen Schulen auch, war es eine heilige Tradition an Olivias High School, dass beim ersten Heimspiel des eigenen Football-Teams eine Homecoming Queen und ein Homecoming King gewählt werden mussten. Damals kandidierten fünf wunderschöne, populäre und allseits bewunderte Mädchen für den heißbegehrten Titel der Homecoming Queen.
Aber Olivia übertrumpfte die gesamte Konkurrenz!
Dieses Wahlergebnis war so phänomenal, dass allen nur noch die Spucke wegblieb.
Im Folgejahr traute sich kein Mädchen mehr, gegen sie zu kandidieren!
So cool und hübsch war Olivia bereits in jungen Jahren!
Zweifelsohne genoss sie den Ruf, die begehrteste, intelligenteste, schönste und wagemutigste Cheerleaderin von allen zu sein! Im gesamten Midwest der USA.
Jedenfalls fühlte Olivia sich so.

Chad, der athletischste Football-Spieler im ganzen Team, war ihr Traumprinz – oder besser gesagt – ihr Traumkönig für den Homecoming-Ball gewesen.

Ein wenig wehmütig seufzt Olivia, wenn sie heute an ihn denkt. Chad...

... oh ja, Chad, der in seiner Spielposition als Quarterback auf dem Football-Feld als der männlichste und offensivste Angreifer der gesamten High School-Mannschaft galt.
... Chad, der sie am Ende des Homecoming-Abends noch vor Beginn des *Curfew* heimlich auf die Männertoilette zog, um sie mega-spontan zu entjungfern, was ihm auch super-gut gelang.

Abermals blickt Olivia in den Rückspiegel ihres gemieteten Cabriolets. Begeistert nickt sie ihrem Spiegelbild zu.
Sie sieht wirklich verdammt gut aus.
Was werden die alle für Augen machen, welch steile Turbo-Karriere sie in der Zwischenzeit hinter sich gebracht hat!

Obwohl. Die meisten wissen es ja längst über Facebook.

Jedes neue Design-Objekt, das ihr Penthouse-Apartment in Manhattan schmückt, hat Olivia dort akribisch mit Foto gepostet. Und für jeden ihrer Einträge hat sie unzählige *like*-Bekundungen von ihren 1.324 Facebook-Freunden erhalten, unter denen sich auch viele ihrer ehemaligen Mitschüler befinden.
Auch ihr Ehemann Don, der mit seinem makellosen Aussehen wie aus einem Hollywood-Katalog entsprungen zu sein scheint, ist auf unzähligen Bildern getagged.
„Was seid ihr bloß für ein phantastisches Paar! Wie ein Traum aus einer anderen Welt, so blendend seht ihr beide aus! Bin absolut neidisch auf dich, aber nur im positiven Sinne, versteht sich! Du hast es dir echt

verdient, meine Liebste!", hat Olivias langjährige High School-Freundin Allison ein Photo kommentiert.
Olivia hat diese Eintragung sogleich mit einem *i like* adäquat gewürdigt.

Nur soziale *Loser* wie diese altkluge, komische Maureen aus dem Physikkurs haben es bis heute nicht zu Facebook geschafft und wissen nicht, wie großartig Olivias aktuelles Leben ist.
Bei dem Gedanken, wie dieser pseudo-intellektuell überlegenen Streber-Tussi die Augen aus dem Kopf fallen werden, wenn sie sich treffen, freut Olivia sich noch viel mehr.

Erneut nickt Olivia freundlich ihrem Spiegelbild zu.
Der Liedtext von vorhin passt perfekt!

I feel good.

Olivia summt ihn fröhlich vor sich hin, während sie durch die Straßen ihres Heimatkaffs gurkt.

Oh ja, es ist wirklich eine großartige Idee gewesen, zu ihrer *High School Reunion* zu fahren!

Olivia setzt ein strahlendes Lächeln auf. Denn sie ist bald am Ziel.

****

„Gibt es hier denn nichts Alkoholisches zu trinken? Nur diesen lauwarmen Punsch? Ich komme mir wirklich wie zu High School-Zeiten vor! Fehlt nur noch das komplette Alkoholverbot und der *Curfew*!", mosert Ryan herum, während er missmutig an seinem Glas nippt.
„Keine Ahnung, ich finde das Gebräu auch fürchterlich!", pflichtet Melissa ihm bei.
„Fast genauso fürchterlich wie unsere Schulzeit!", fügt Maureen hinzu und muss kichern.

Sie befinden sich auf der Terrasse eines Lokals am Stadtrand, wo soeben der alkoholfreie Aperitif serviert worden ist, während nach und nach alle früheren Mitschüler eintrudeln.

„Oha! Hoppla! Schaut mal, wer da kommt!", ruft Elizabeth plötzlich aus.

Wie synchronisiert drehen sich alle gleichzeitig um.

„Wow, sieht die schön aus!", murmelt John beeindruckt.

Matthew, Jason, Andrew, Steven, Robert, John und David starren mit offenen Mündern auf die schlanke, schöne, große Frau, die gerade voller Eleganz aus einem knallroten Cabriolet steigt. Dabei kommen durch die hohen Absätze ihrer Designerstilettos ihre mega-langen Beine besonders gut zur Geltung. Jedoch nicht nur den Männern verschlägt ihr Anblick die Sprache. Den Frauen geht es anscheinend ganz genauso.

„Wow, sie ist ja noch viel, viel schöner als auf ihren Facebook-Fotos!", seufzt Allison mit heiserer Stimme, um dann sofort loszusprinten.

Als ob sie den neuesten Rekord im Kurzstreckenlauf brechen möchte, rennt sie in Richtung des roten Cabriolets los.

„Olivia, meine Liebste, wie schön dich zu sehen! Blendend siehst du aus, wie immer!", ruft Allison völlig verzückt.

„Vielen Dank, meine Liebste! Komm her, und lass dich umarmen!", erwidert Olivia mit dem Charme einer Königin, die durch ihre Bescheidenheit zu bestechen weiß.

„Olivia!", kreischt da auch schon jemand aus einer anderen Ecke.

„Eve!", ruft Olivia völlig verzückt.

Die drei Frauen umarmen und küssen sich gegenseitig auf die Wangen.

„Echt der Wahnsinn, sie sieht wirklich verdammt gut aus, die Olivia! Glaubt ihr, sie ist verheiratet?", fragt Steven vorsichtig.

„Wieso interessiert dich das? Ich denke, du hast eine Frau und drei Kinder!", antwortet Robert barsch.

„Ja, das schon, ich frage doch nur! An die komme ich sowieso niemals ran!", entgegnet Steven wie zur

Verteidigung. „So 'ne Traumfrau will doch niemals etwas von so einem Typen wie mir!"

„Klar hat die einen Mann! Hast du nicht die geilen Fotos auf ihrem Facebook-Profil gesehen? Von ihr und ihrem Ehemann Don? Das glücklichste Traumpaar überhaupt! Sie wohnen in einem super-schicken Penthouse-Apartment in Manhattan! Aber ist ja auch kein Wunder. Olivia kann sich ihren Mann sicherlich unter Tausenden aussuchen!", wirft David ein.

Da kommt Olivia auch schon mit ihren beiden Gefährtinnen auf die anderen zu. Ihr Eindruck auf die männlichen Anwesenden ist ihr natürlich nicht entgangen. Sie strahlt erwartungsvoll über das ganze Gesicht. Das allseits bekannte *Olivia-Lächeln* eben. Ihr erster Auftritt ist mal wieder ein voller Erfolg!

Nur Ryan, Melissa und Maureen halten sich etwas abseits von der Gruppe.

„Ich fühle mich wie in einer Zeitmaschine", flüstert Ryan den beiden früheren Mitschülerinnen zu, „Olivia erscheint und – *peng!* – alles dreht sich nur noch um sie!"

Während Olivia fleißig dabei ist, überall ihre Küsschen zu verteilen, nippt Maureen lustlos an ihrem Punschglas. Das Getränk ist inzwischen so lauwarm, dass sie es am liebsten gleich wieder auskotzen würde. Oder ist es nur die *Reunion*, die ihr gerade zu Kopf steigt? Denn Alkohol ist in diesem Begrüßungsdrink ja gar keiner enthalten.

Ach, wie sehr sehnt Maureen sich jetzt doch nach ihren Freunden James und Michael!

Die beiden hatten absolut recht, dass es eine völlige Schnapsidee gewesen ist, zu diesem Jahrgangstreffen zu fahren!

Gedankenverloren seufzt Maureen.

Ihre Mitschüler haben sich in ihrem Verhalten überhaupt nicht geändert. Leider auch nicht zum Positiven. Wie per Knopfdruck schlüpft jeder automatisch in die alte Rolle aus der Schulzeit hinein, ohne den anderen auch nur die minimale Chance auf einen Neuanfang zu geben. Und Maureen verspürt nicht die geringste Lust, ihre alte Rolle als unsicherer *Nerd* und Außenseiter zu bekleiden, die sie vor Jahren mühsam abgelegt hat.

Sie überlegt.

Seit einer knappen Stunde ist sie erst da. Trotzdem sind nur noch Ryan und Melissa bei ihr stehen geblieben, während sich die anderen nach dem obligatorischen „Hi" und „Was machst Du?" blitzschnell verdünnisiert haben.

„Hi Maureen, oh - du hast dich ja überhaupt nicht verändert!", reißt da plötzlich eine schrille Stimme Maureen aus ihren Gedanken.

Unvermittelt steht Olivia vor ihr und will sie umarmen.

Aber ohne Küsschen-Küsschen, versteht sich. Letzteres bleibt genau wie zur Schulzeit nur Olivias Freundinnen und den attraktiven Männern der High School vorbehalten.

„Hi Olivia", sagt Maureen kühl.

Im Gegensatz zu früher kann sie nicht einmal mehr lachen, um ihre aufkeimende Traurigkeit zu verbergen.

Das *Tears-of-a-Clown*-Programm funktioniert irgendwie nicht mehr.

„Wie geht's dir? Und was machst du so?", erkundigt sich Olivia.

Dabei lächelt sie Maureen mega-freundlich an.

Maureen zögert. Es ist ungewöhnlich, dass Olivia so direkt auf sie zukommt. Aber vielleicht unternimmt die High School-Queen ja tatsächlich den ersten Schritt in die positive Richtung, einen Neuanfang zu wagen.

Maureen will es auf einen Versuch ankommen lassen.

„Ich lebe in Boulder, Colorado, und bin dort als Journalistin für wissenschaftliche Zeitschriften tätig. Wissenschaftsjournalismus sozusagen", antwortet sie freundlich. Sie lächelt sogar dabei. Jetzt klappt es irgendwie wieder.

„Aha!" Olivia nickt interessiert. „Und bist du verheiratet?"

„Nein, bin ich nicht." Maureen schüttelt den Kopf. „Ich bin aber trotzdem privat sehr, sehr glücklich!"

Olivia nickt abermals und schenkt ihr ein gütiges Lächeln.

„Ach, wie schön zu hören! Also, ich bin als Brokerin in New York City tätig. Stell dir mal vor, während eines Praktikums in meiner Studienzeit hat man mir damals schon im Vorfeld diesen tollen Job angeboten! Und das, obwohl ich mit dem Studium noch gar nicht fertig war! Aber meine Kompetenz im Wertpapierhandel hat die halt dermaßen beeindruckt, dass sie damals gar nicht anders konnten! Mein Studium habe ich natürlich trotzdem noch fertig gemacht. Denn wenn man schon an einer Elite-Uni studiert, macht sich das immer verdammt gut im Lebenslauf! Außerdem konnte ich die Studiengebühren mit meinem hohen Gehalt spielend wieder abbezahlen und trotzdem viel verreisen."
„Wow! Schon als Studentin hat man dir diesen Top-Job angeboten! Das wusste ich noch gar nicht! Ist ja krass!" Anerkennend schnalzt Steven mit der Zunge.
„Tja, da staunst du, was! Über Facebook postet Olivia halt nicht alle ihre Fähigkeiten und Erfolge!", flötet Eve.
Dank Olivias spontanen Auftauchens hat sich urplötzlich eine riesengroße Ansammlung von früheren Mitschülern gebildet.
Alle lauschen andächtig Olivias Ausführungen.
„Tut mir leid, dass du immer noch nicht den passenden Mann gefunden hast, Maureen", fährt Olivia zuckersüß fort, „aber mit deiner Physik und deinen Indianergeschichten bist du bestimmt so ausgebucht, dass es dir gar nicht weiter auffällt, dass kein Mann etwas von dir will! So hat jeder eben sein Eigenes. Es spricht halt auch nicht viele Männer an, wenn man so alternativ wie du herumläuft. Aber dafür gibt es ja verschiedene Konzepte, im Leben glücklich zu werden."
Dabei schenkt Olivia Maureen ein schmelzendes Lächeln.
„Ich habe deinen Mann Don auf Facebook gesehen, Olivia! Auf einem deiner Fotos!", merkt Elizabeth wichtigtuerisch an.
„Was, du auch?", fragt Allison.
„Ich glaube, fast alle haben ihn auf Facebook gesehen!", grunzt David.
„Ihr seid echt ein klasse Traumpaar! Wirklich Top!", meint Rachel, die ebenfalls dazugestoßen ist.

„Ja, der Don ist wirklich mein größtes Glück", seufzt Olivia andächtig, „mit 25 haben wir uns bereits kennengelernt. Geheiratet haben wir aber erst vor sieben Jahren, mit dreißig, weil es etwas ganz Besonderes sein sollte!"
„Oh ja, die Facebook-Fotos von eurer Trauung sind wirklich grandios! Wie viele Leute waren denn auf eurer Hochzeit?", erkundigt sich Robert.
„Ach, das liegt jetzt schon so lange zurück! So um die dreihundert Gäste waren wir. Absolut Peanuts. Wir wollten es extra klein und gemütlich halten, weißt du!", antwortet Olivia betont bescheiden. „Aber die Kaviar-Blinis und die italienischen weißen Alba-Trüffel schmeckten hervorragend!"
Dabei schenkt sie Robert ebenfalls ein schmelzendes Lächeln.
Maureen blickt zu Ryan.
Der verdreht die Augen nach oben.
The Tears of a Clown.
So ist es wirklich mal wieder. Und irgendwie auch wieder nicht. Denn zum allerersten Mal verspürt Maureen weder die Lust, ein verfälschtes Lächeln aufzulegen noch zu weinen. Denn sie ist wütend. Zum allerersten Mal ist sie richtig wütend auf Olivia und die gekünstelte Show, die sie hier vor allen abzieht. Und irgendwie fühlt sich dieses Gefühl der Wut ausgesprochen befreiend an. Vor allem aber ist es viel, viel besser als die vielen Jahre des Herunterschluckens und der Traurigkeit!
„Sag mal, Maureen", unterbricht Ryan plötzlich Olivias Redefluss, „wie sieht denn dein Privatleben so aus? Du bist zwar nicht verheiratet, aber du hast gesagt, dass du trotzdem glücklich bist!"
Beinahe wirkt es, als könne Ryan Maureens Gedanken lesen.
„Schön, dass du dich für mich interessierst! Sonst reden ja alle nur über Olivia!" Maureen schenkt Ryan ein dankbares, aufrichtiges Lächeln. „Also, ich lebe in einer Wohngemeinschaft am Fuße der Rockies. Gemeinsam mit meinen beiden Freunden James und Michael haben

wir dort ein kleines Haus mit großem Garten. Wir drei sind sehr, sehr glücklich zusammen!"
Während Maureen das sagt, fängt sie richtig an zu strahlen.
Denn in genau diesem Moment realisiert sie, wie glücklich sie mit ihren beiden Liebsten ist.
Oh ja, James und Michael sind das größte Geschenk überhaupt!
„Haha, der war gut!" Olivia bricht in einen Lachanfall aus. „Der Witz war wirklich gut! Du meinst natürlich mit deinen beiden Kumpeln James und Michael, oder? So missverständlich, wie du dich ausdrückst, Maureen, hätte man gerade glatt etwas Anderes denken können!"
„Ich meine aber nichts Anderes", sagt Maureen irritiert, „James und Michael sind meine festen Freunde. Und wir haben alle Sex miteinander, falls es dich interessiert!"
Olivia schüttelt sich immer noch vor Lachen.
„Maureen, Herzchen, ich finde deinen Versuch wirklich süß, deinem Leben etwas mehr Pep zu verleihen! Aber uns hier solche erfundenen Abenteuergeschichten aufzutischen, geht etwas zu weit, findest du nicht? Wir kennen dich doch alle als Mauerblümchen aus der Schulzeit! Nie im Leben würde so jemand wie du zwei Liebhaber gleichzeitig haben!"
Steven, Robert, Matthew, Andrew, Elizabeth, Rachel, Eve und Allison stimmen in Olivias Gelächter ein.
Und da passiert es.
Ehe Maureen weiß, wie ihr geschieht, fängt sie plötzlich an zu schreien. Sie beginnt regelrecht zu schreien mit einer so lauten Stimme, dass alle neben ihr zusammenzucken. Und sie mit großen Augen anstarren.
Es ist, als ob die ganzen inneren Aggressionen, die sich während der Schulzeit in ihr aufgestaut haben, mit einem Schlag heraus wollen.
„Olivia, weißt du was?
ES IST MIR SCHEISSEGAL, WAS DU DENKST!
BLEIB DU DOCH FÜR IMMER IN DEINER MONOGAMEN, VERLOGENEN LUXUSWELT, DIE VOLLER VORURTEILE STECKT!

ABER LASS MICH VERDAMMT NOCHMAL IN RUHE! UND MACHE NICHT IMMER ALLE FERTIG, DIE ANDERS SIND ALS DU UND NICHT IN DEINE SPIESSIGE WELT PASSEN!
ICH HAB DIE SCHNAUZE FÜR IMMER VOLL VON DIR UND HOLE MIR JETZT IN DER NÄCHSTEN KNEIPE EIN BIER!"
Mit diesen Worten macht Maureen auf ihrem flachen Absatz kehrt und geht, ohne sich auch nur ein einziges Mal umzudrehen.
„Warte, Maureen, ich komme mit, ich will auch ein Bier!", ruft Ryan.
„Und ich auch!", sagt Melissa.
Verdutzt schauen die anderen dem seltsamen Trio hinterher, das für immer der *High School Reunion* den Rücken zukehrt.
„Wow, die hat's dir aber gegeben!", meint Jason.
„Mir gegeben? Was soll das denn?", fragt Olivia erbost. „Auf wessen Seite stehst du denn?"
Ihr strahlendes Lächeln ist völlig aus ihrem Gesicht verschwunden. Dafür wird eine Zornesfalte zwischen ihren Augen sichtbar, die alles Andere als schön aussieht.
„Ach, ich meinte, nachdem du sie in der Schule immer so viel geärgert hast, musst du so was auch mal abkönnen", entgegnet Jason humorvoll.
Missbilligend sieht Olivia ihn an.
„Was ist dir denn heute für eine Laus über die Leber gelaufen, dass du so einen Blödsinn faselst! Jason, das ist doch wirklich unter deinem Niveau! Aber ich verzeihe dir!"
Olivia lächelt kühl.
Aber ihre Augen sehen wie kleine Schlitze aus. Wie immer, wenn sie verärgert ist.
„Hey, Olivia, weißt du was? Mir fällt da gerade auf, ich habe auch tierisch Bock auf ein Bier bekommen!", erwidert Jason unvermittelt. „Euren blöden alkoholfreien Punsch könnt ihr hier alleine trinken! Ohne mich, Olivia!"

„Wartet auf mich! Wartet bitte!", ruft er dann Maureen, Ryan und Melissa hinterher und läuft den Dreien schnell nach.

Maureen umarmt Jason, als er sie eingeholt hat. Sie strahlt glücklich über beide Backen. Das kann man sogar von der Ferne aus gut sehen.

„Okay, bitte." Olivia zuckt unbeeindruckt mit den Schultern.

„Also, Olivia, ich finde den dänischen Designer-Stuhl, den du gestern auf Facebook gepostet hast, total toll!", fängt Allison schnell an, das Gespräch wieder in normale Bahnen zu lenken.

„Ja, der ist toll, oder?" Olivia nickt eifrig und sieht dabei wieder ganz begeistert aus.

Die Zornesfalte auf ihrer Stirn und die zusammengekniffenen Augen sind komplett verschwunden. Es ist für Außenstehende immer wieder faszinierend, wie schnell Olivia von einem Gemütszustand in den anderen wechseln kann.

„Ich habe den Stuhl extra aus Kopenhagen einfliegen lassen, weil man diesen Stuhl nicht in New York erwerben kann!", erklärt Olivia freudig.

Allison hat in der Zwischenzeit auf ihrem Smartphone Olivias Facebook-Profil aufgerufen. Lächelnd zeigt sie allen das Foto von dem einzigartigen Möbelstück.

„Klasse, oder?" Allison strahlt über beide Backen, als ob der Designer-Stuhl ihr eigener wäre.

Die Stimmung bei der *Class Reunion* ist wieder gerettet!

„Das Beste wisst ihr aber noch gar nicht, das habe ich nämlich noch nicht auf Facebook gepostet!", trumpft Olivia plötzlich auf.

„Was denn?" Elizabeth und die anderen sehen sie erwartungsvoll an.

„Wisst ihr was? Ich habe eine coole Idee! Ich poste es jetzt, genau in diesem Moment, dann könnt ihr es auf euren Smartphones lesen!", schlägt Olivia wieder gut gelaunt vor.

„Aber du kannst es uns doch auch direkt sagen", entgegnet Robert irritiert.

„Aber so ist es doch viel, viel lustiger!", meint Eve.

„Olivia postet eine super-wichtige Neuigkeit, während

wir hier stehen, und wir dürfen es live miterleben! Das ist doch so was von originell!"
„Ah, da ist es schon!", kreischt Allison begeistert.
„Don & ich erwarten ein Baby. Ich bin im vierten Monat schwanger", taucht in genau dieser Sekunde auf allen Smartphones Olivias brandheiße Neuigkeit auf.
„Wow, du bist schwanger, meine Liebste!"
„Uhhh, wie schön, ihr erwartet ein Kind!"
„Herzlichen Glückwunsch!", ertönt es von allen Seiten.
Wieder regnet es jede Menge Küsschen für Olivia.

Sie hat es wie immer geschafft, der strahlende Mittelpunkt des Tages zu sein.
Denn Queen bleibt schließlich Queen.
Egal, wer auch an ihrem Thron zu rütteln versucht.

****

Es ist bereits sehr spät am Abend, als Olivia das Lokal verlässt, um sich zu ihrem Hotelzimmer zu begeben. Zum Glück liegt das Hotel nicht weit von dem Restaurant entfernt, in dem die *Class Reunion* stattgefunden hat.
Obwohl der Ausdruck „Restaurant" vielleicht etwas zu hoch gegriffen ist. In Olivias Kreisen pflegt man natürlich in weitaus gediegeneren Lokalitäten zu speisen. Aber sie mag ja trotzdem das Bodenständige und fühlt sich ihrer alten Heimat sehr verbunden. Genau hier in Memory Lane-Ville, wo ihre große Erfolgsstory angefangen hat.

Draußen ist es immer noch heiß, obwohl es mittlerweile schon sehr dunkel ist.

Olivia tritt vor die Tür des Restaurants und atmet in langen Zügen die schwüle Nachtluft ein.
Aus der Ferne hört sie Grillen zirpen.
Ein wundervolles Geräusch, das sie an glückliche Tage aus der Kindheit erinnert.

Olivia lässt gedanklich den Tag Revue passieren.

Das Jahrgangstreffen war ein voller Erfolg.
Trotz der kleinen Eskapade mit Maureen, dieser Verrückten.
Aber was musste Maureen auch schon wieder so blödsinnige Lügengeschichten erfinden, um sich in den Mittelpunkt zu stellen! Als ob sie zwei Lover gleichzeitig hätte! Ausgerechnet Maureen, für die sich nun wirklich kein Mann mit klarem Verstand interessiert!
Olivia schüttelt angewidert den Kopf. Manche Leute verändern sich wirklich nie.
Traurig, aber wahr.
Eigentlich ist es aber auch ganz gut gewesen, dass Maureen nachher nicht mehr aufgetaucht ist. So konnte Olivia den Abend in vollen Zügen genießen mit lauter Menschen, die sie mochte und die vor allem *sie* mochten und bewundernd an ihren Lippen hingen. Für Olivia fühlt sich diese Aufmerksamkeit wie Balsam für die Seele an. Denn eigentlich will sie ja auch nur eines, was sich alle Menschen wünschen: Von anderen geliebt werden.
„Entschuldigung, aber kommen Sie gerade von der *High School Reunion?*"
Eine wohlklingende männliche Stimme lässt Olivia plötzlich aus ihren Gedanken aufschrecken.
„Ja, wer sind Sie?"
Erschrocken sieht sie sich um.
Da erkennt sie vorne im Laternenlicht zwei junge Männer, so um die Dreißig. Obwohl die Straßenlaterne nicht viel Licht abwirft, kann Olivia erahnen, dass diese beiden Männer verdammt gut aussehen.
„Wir suchen Maureen, unsere Freundin. Wir sind extra den ganzen Weg aus Boulder hierhergefahren, um sie zu überraschen", erklärt der andere junge Mann.
Langsam nähert sich Olivia den beiden dunklen Gestalten und der Laterne. Jetzt kann sie die Männer im Lichtkegel ziemlich deutlich erkennen. Und sie sehen verdammt gut aus, diese beiden Männer. Der Eine ist sehr groß, hat blonde Haare und einen stark durchtrainierten Körper, der ihrem Don locker Konkurrenz machen könnte. Der Andere ist

dunkelhaarig mit einem richtigen Wuschelkopf, dem man am liebsten sofort durch das Haar streichen würde.
Olivia zögert kurz.
„Sind Sie die beiden Liebhaber von Maureen?", fragt sie schließlich.
„Na, also als Liebhaber würde ich uns nicht gerade bezeichnen", meint der Blonde.
Olivia atmet tief durch.
Na bitte. Maureen hat also doch mal wieder hemmungslos übertrieben!
„Feste Freunde oder Lebenspartner wäre wohl die passendere Bezeichnung, wenn man das überhaupt irgendwie klassifizieren muss", fügt der Dunkelhaarige lachend hinzu, „aber wo ist unsere Liebste denn?"
„Oh, sie ist, glaube ich, zu irgendeiner Bar gegangen, um ein Bier zu trinken", antwortet Olivia stockend.
Gegen ihren Willen klingt ihre Stimme ganz trocken. Sie muss schwer schlucken.
„Oh je, wenn Maureen zum Biertrinken ausgebüxt ist, ist diese Olivia bestimmt auch zur *Reunion* gekommen! Die kennen Sie dann ja sicherlich auch, wenn Sie im gleichen Jahrgang waren!", meint der Dunkelhaarige lachend. Aber es klingt irgendwie ernst und nicht die Spur komisch.
Olivia ist sich nicht sicher, ob in seiner Stimme besorgte Ironie mitschwingt.
„Maureen hatte bereits im Voraus Angst, dass es beim Wiedersehen nur Ärger gibt", ergänzt der Blonde, „ich habe ihr ja gleich gesagt, dass sie lieber nicht zur *Reunion* fahren soll, falls diese Schnepfe aus ihrer Schulzeit dort wieder auftauchen könnte!"
„Ist diese Olivia denn noch da? Dann würde ich sie mir gleich mal vorknöpfen und ihr ordentlich die Meinung geigen! Ich glaube, die hat überhaupt keine Ahnung, wie lange es gedauert hat, bis Maureen ihr High School-Trauma überwunden hat!", fügt der Dunkelhaarige hinzu. „Mein Name ist übrigens James", sagt er dann.
„Und ich bin Michael", ergänzt der Andere.
„Nein, Olivia ist, glaube ich, schon gegangen", sagt Olivia unvermittelt und räuspert sich nervös.

Sie ist zu feige und fühlt sich im Moment zu unsicher, um sich zu erkennen zu geben.
Stattdessen schützt sie Krankheit vor.
„Entschuldigen Sie bitte, aber ich fühle mich sehr unwohl. Ich habe Magenprobleme, deswegen möchte ich schnell zu meinem Hotelzimmer gehen."
„Oh je, das klingt aber gar nicht gut! Sollen wir Sie begleiten, oder schaffen Sie es alleine?"
Michaels Stimme ist aufrichtige Besorgtheit zu entnehmen.
Unwillkürlich zuckt Olivia zusammen und fühlt sich auf äußerst seltsame Weise berührt. Es liegt Urzeiten zurück, dass jemand so besorgt um sie geklungen hat. Ihr Mann Don ist immer nur tough und cool, genau wie selbst. Für Schwäche und Fürsorge bleibt da vor lauter Perfektion keine Zeit.
„Nein, danke es geht schon", sagt Olivia kühl.
In Blitzeseile hat sie ihre Fassung zurück gewonnen.
„Okay, dann gute Besserung und gute Nacht!", wünscht James.
„Ja, gute Besserung!", sagt Michael.
„Gute Nacht", erwidert Olivia und begibt sich schnell in Richtung Hotel.

****

Als Olivia wenig später die Plastikkarte in den Schlitz einführt, um ihre Zimmertür zu öffnen, zuckt sie zusammen.
„Hi, Schmusi-Pusi, altes Haus!", hört sie aus der Ferne jemanden rufen.
Ein übergewichtiger Mann mit langem Zottelhaar kommt auf sie zu.
„Wer sind Sie? Und was machen Sie mich so an?", fragt Olivia mit herablassender Stimme.
Im Unterbewussten ahnt sie es jedoch bereits. Der Typ ist ihr heute Nachmittag schon auf der *Reunion* aufgefallen. Dort hat er mehrere Anläufe unternommen, mit ihr zu sprechen. Denen sie aber immer auf elegante Weise entkommen ist.

„Mensch, Schmusi-Pusi, Sweetie, ich bin es doch! Chad!"
„Oh hi, Chad, wie schön dich zu sehen! Ich habe dich gar nicht wiedererkannt!", erwidert Olivia.
Jetzt mit noch arroganterer Stimme.
Was wagt so eine Null-Nummer wie dieser Typ so eine Klasse-Frau wie sie anzusprechen?! Nur weil sie vor über zwanzig Jahren einmal miteinander geschlafen haben?
„Hey, weißt du noch, die Homecoming-Nacht? Als ich dich entjungfert habe? Ich finde, das bedarf einer Wiederholung! Homecoming, die Zweite sozusagen! *Honey, I'm coming home*! Das ist besser als jeder Home Run beim Baseball!", sagt Chad und grinst.
Als er lacht, bemerkt Olivia die unzähligen Haare, die sich in seinen Nasenlöchern und in seinen Ohren befinden. Er ist sowas von ungepflegt. Überhaupt hat er gar nichts mehr gemeinsam mit dem tollen Chad, der ihr Held an der High School war.
„Chad, vergiss es! Und höre mit deiner blöden Anmache auf! Ich will einfach nur in mein Zimmer und schlafen gehen! Und zwar allein!"
Mit einem energischen Ruck reißt Olivia die Tür auf.
Geschmeidig wie eine Katze begibt sie sich in ihr Hotelzimmer und drückt die Tür sofort wieder zu.
Letztere fällt mit einem lauten Geräusch ins Schloss.
Vor der Tür bleibt ein äußerst verdatterter Chad zurück.

Seufzend lässt Olivia sich auf ihr Bett fallen.
Geschickt streift sie ihre Designerstilettos ab, so dass ihre in perfektem Rot lackierten Zehennägel zum Vorschein kommen. Ihr Gepäck wird sie erst später aus dem Cabriolet holen, wenn dieser Chad sich wieder vertrollt hat. Er wird ja wohl nicht ewig vor ihrem Hotelzimmer auf sie warten.
Olivia schaut auf die Anzeige ihres Smartphones.
Hat sich inzwischen etwas Spannendes ereignet?
587 *likes* hat ihre Neuigkeit, dass sie schwanger ist, bereits erhalten.
Was gibt es sonst noch Neues?

Ihr Kollege Cliff aus New York hat gepostet, dass er einen neuen Pfefferstreuer von einem renommierten finnischen Designer erstanden hat. Eine individuelle Anfertigung, farblich perfekt passend zu seinem Küchen-Interieur.
„Es war wie immer, super dich zu sehen! Du warst wie immer der Star der *Class Reunion*! Alles Liebe!", hat Allison außerdem geschrieben.
Elizabeth hat ein Photo hochgeladen, auf dem alle zu sehen sind, wie sie gebannt auf ihre Smartphones starren, während Olivia ihre Top-Nachricht mit der Schwangerschaft ins Netz stellt.
„Wie cool – gleich parallel auf mehreren Ebenen kommunizierend!", hat Steven dazu kommentiert.
Dieser Kommentar hat in kürzester Zeit ebenso 16 *likes* geerntet.
Was gibt es sonst für News?
Doch da! Eine private E-Mail von einer Frau namens Jody.
Verwundert öffnet Olivia ihre Mailbox.
Sie weiß überhaupt nicht, was sie mit diesem Namen anfangen soll. In ihrem näheren Umfeld kennt sie gar keine Jody. Und wieso schreibt diese Jody ihr privat und nicht über Facebook?
Leicht verunsichert öffnet Olivia die E-Mail.

Liebe Olivia,
wir kennen uns eigentlich überhaupt nicht, aber wir lieben denselben Mann.
Gerade habe ich von ihm erfahren, dass du schwanger bist.
Er meinte, er müsse es mir unbedingt erzählen, weil du es auf Facebook gepostet hast und ich dein Profil auf Facebook sehr leicht finden könnte. Er bat mich, dir nichts davon zu sagen. Aber ich bin zu geschockt von dieser Nachricht, denn Don und ich haben seit zwei Jahren eine innige Affäre. Deine E-Mail-Adresse war auf Facebook zum Glück leicht zu finden, so dass ich dir hier ganz privat schreibe.
Eigentlich wollte Don dich für mich verlassen.

Ich hoffe, dass er dies immer noch tun wird. Auch wenn du jetzt von ihm schwanger bist.
Andernfalls werde ich kämpfen. Und ich werde gewinnen. Denn Don und ich, wir gehören zusammen.
So, jetzt weißt du Bescheid.
Alles Gute,
Jody.

Völlig fassungslos starrt Olivia auf ihr Smartphone, bevor sie es wie in Zeitlupe auf die Bettdecke sinken lässt. Ihr Mann hat eine Affäre? Das kann doch gar nicht sein!
Niemals würde Don ihr so etwas antun!
Dann geht alles blitzschnell.
Instinktiv wählt Olivia Dons Nummer.
Es klingelt zweimal, bevor er abhebt.
„Hi Olivia, Sweetie, wie geht es dir? Wieso rufst du mich mitten in der Nacht an? Hast du den Zeitunterschied zwischen New York und Kansas vergessen?", fragt Don mit seiner tiefen und doch zarten Stimme am Telefon.
„Don, hast du eine Affäre mit einer Frau namens Jody?" Olivias Stimme vibriert, während sie ihm diese Frage stellt.
Ein Seufzen ist am anderen Ende des Telefons zu vernehmen.
Ein Seufzen und dann Stille.
Unendliche Stille.
„Hast du, oder hast du nicht?", bohrt Olivia nach.
„Ja, das habe ich", sagt Don schließlich.
„Du Mistkerl!", kreischt Olivia nur noch verzweifelt und legt auf.
Das heißt, eigentlich legt sie nicht auf, sondern sie schaltet ihr Smartphone komplett aus. So etwas Revolutionäres hat sie seit mehreren Jahren nicht getan. Aber Olivia kann nicht anders. Sie will unerreichbar sein. Denn sie hat das Gefühl, ganz tief zu fallen. Einfach nur ganz tief zu fallen, in einen unendlichen Schlund hinein, aus dem sie niemand mehr retten kann.
Wie kann Don ihr bloß so etwas antun?

Ihr, die sie immer so sehr auf ein perfektes Leben bedacht ist und alles danach ausrichtet?

Obwohl Olivia nicht heulen möchte, nicht für diesen Mistkerl, kann sie die Tränen nicht mehr zurückhalten. Sie weint nur noch und weint, bis ihr schönes Gesicht puterrot und das perfekt aufgetragene Make Up komplett verlaufen ist.

Erst am frühen Morgen schläft Olivia ein. Vor lauter Erschöpfung. Es ist das erste Mal, dass ihr ihre äußere Erscheinung komplett egal ist.

****

Durch ein Klopfen an der Zimmertür wird Olivia wach.

„Zimmerservice!", hört sie von weit weg eine energische Stimme.

Gerade noch schafft Olivia es, sich aufzurichten, als die Tür von außen aufgeschlossen wird.

Das Zimmermädchen tritt herein. Sie hat dicke, dunkle Locken, die ihr breites Gesicht wunderhübsch einrahmen und ihr trotz fortgeschrittenen Alters ein jugendliches Aussehen verleihen.

„Oh je, was ist denn mit Ihnen los?", fragt die Zimmerdame entsetzt, als sie Olivia erblickt.

„Gar nichts ist los", erwidert Olivia herablassend.

Doch dann verliert sie ihre sonst so stark vorhandene Contenance und beginnt zu heulen.

„Mein Mann betrügt mich!", stößt sie hervor.

Tränen kullern ihre Wangen herunter.

„Nana, Betrügen heißt noch nicht gleich, dass man sich trennt! So etwas kommt in den besten Familien vor! Habe ich auch schon hinter mir!", erwidert das Zimmermädchen mit einer gütigen, warmherzigen Stimme.

„Aber er will sich von mir trennen. Das schreibt zumindest seine Liebhaberin", sprudelt es nur so aus Olivia heraus.

Es ist wirklich zum wahnsinnig werden!

Noch vor fünfzehn Stunden war sie die strahlende Klassen-Queen, und jetzt scheint ihr das ganze Leben mit einem Mal aus den Händen zu entgleiten.
Und obwohl sie diesen Gedanken gestern noch als verrückt abgetan hätte, beneidet Olivia auf einmal Maureen, deren Leben so viel glücklicher als das ihre zu sein scheint.
Trotz fehlendem Glanz und Luxus. Aber dafür mit viel Ehrlichkeit und Liebe.

****

Sieben Monate später.

„Maureen, da ist ein Brief für dich gekommen!"
„Ein Brief?" Maureen sieht überrascht von ihrem ipad auf, während James mit einem Umschlag wedelnd zu ihrem Schreibtisch kommt.
„Ja, ein Brief, ein echter Brief!"
„Von wem denn?", will Maureen wissen.
„Keine Ahnung, es steht kein Absender drauf!"
Verwundert betrachtet Maureen den Briefumschlag, auf dem mit fein säuberlicher Handschrift ihre postalische Adresse geschrieben steht. Irgendwie kommt ihr diese Handschrift bekannt vor. Sie weiß nur nicht woher. Denn wer schreibt heute schon noch Briefe?
Hastig öffnet Maureen den Umschlag.

Liebe Maureen,
es tut mir unendlich leid, dass ich dich zur Schulzeit so ausgegrenzt habe. Und auch bei unserer Reunion bin ich einfach widerlich zu dir gewesen. Ich bitte dich hierfür aufrichtig um Verzeihung.
Weißt du, erst als Don, mein Mann, fremdgegangen ist und mich für eine Andere verlassen hat, wurde mir klar, wie schrecklich es ist, einsam zu sein!
Und all das ist geschehen, obwohl ich zu dem Zeitpunkt schwanger war!
Ich schreibe dir nicht, um dich um Hilfe zu bitten, und ich erwarte auch keine Freundschaft, wenn du das nicht möchtest. Inzwischen bin ich eine zufriedene

alleinerziehende Mutter. Aufgrund meiner vielen Ersparnisse – ich habe auch mein Apartment verkauft – lebe ich einigermaßen glücklich in New Jersey als frei schaffende Schriftstellerin.
Ich schreibe Liebesromane. Das ist kaum zu glauben, oder?
Nun, einfach ist es nicht immer, das darfst du mir glauben.Aber egal, du hattest es ja auch nicht immer leicht im Leben.
Ich bin froh, dass du jetzt mit James und Michael glücklich bist. Und ich wünschte, du kannst mir verzeihen. Vielleicht sehen wir uns ja mal zu viert?
Mit deinen beiden Männern? Das würde mich riesig freuen!
Alles Liebe,
Olivia.

PS: Mein Facebook-Konto benutze ich nicht mehr, auch wenn ich es nicht gelöscht habe. Ich bin aber postalisch und telefonisch wie folgt zu erreichen...

Am Ende des Briefes stehen in fein säuberlicher Schrift Olivias neue Adresse und Telefonnummer aus New Jersey geschrieben.

Völlig fassungslos starrt Maureen auf den Brief, den sie soeben gelesen hat.
Ein Foto von Olivia mit einem süßen Baby auf dem Arm ist beigelegt. Ein echtes Foto. Keine hochgeladene Datei.
Olivia hat anscheinend etwas zugenommen und ist nicht mehr perfekt gestylt. Aber irgendwie sieht sie glücklicher aus als sonst. Und vor allem nicht mehr so gestelzt.
„Von wem ist der Brief? Von deinem neuen heimlichen Liebhaber?" Michael und James sehen Maureen mit verschmitztem Gesichtsausdruck fragend an.
„Nein, er ist von Olivia. Sie bittet mich um Verzeihung. Ich glaube, sie geht gerade durch eine schwere Phase... sie möchte uns drei gerne treffen."
„Und wirst du ihr antworten?", fragt Michael.

„Vielleicht." Maureen nickt nach einigem Zögern. „Darüber muss ich erst einmal nachdenken. Ich weiß nicht, ob ein Mensch sich in der kurzen Zeit so radikal ändern kann. Oder ob sie eine neue seltsame Idee ausheckt."
„Also, ich für meinen Teil kann auf das Treffen gerne verzichten", sagt James und streicht Maureen durch das Haar.
„Und ich auch. Definitiv!", meint Michael.
Er küsst Maureen und dann James mit großer Leidenschaft.

****

Noch am selben Tag klickt sich im weit entfernten Seattle eine Frau namens Jasmine gelangweilt durch die Profile ihrer 322 Facebook-Freunde.
Nach Urzeiten stößt sie dabei auf die Seite ihrer entfernten Bekannten Elizabeth.
Elizabeth aus Kansas.
Ebenfalls eine Facebook-Freundin.
Die beiden haben sich vor drei Jahren im Rahmen einer beruflichen Fortbildung in Portland kennengelernt, sonst aber überhaupt keine Berührungspunkte. Trotzdem haben sie sich sofort gegenseitig als Freundinnen geadded. Damit sie zukünftig die Möglichkeit haben, in Kontakt zu bleiben. Um sich irgendwann einmal zu besuchen. Vielleicht.
Diese Möglichkeit haben sie bislang natürlich nie genutzt.
Heute riskiert Jasmine einen genaueren Blick auf Elizabeths Seite.

Elizabeths Profil ist ziemlich gewöhnlich. Fast schon öde.
Bilder von Haus und Garten.
Fotos von einem Picknick im Park. Von Weizenfeldern und Sonnenblumen. Von der Kirche und von einem Baseball-Spiel. Unter Filmen und Büchern entsprechen Elizabeths Vorlieben auch nur dem Mainstream Geschmack.

Wirklich nichts Besonderes.
Jasmine überlegt.
Eigentlich kennt sie diese Elizabeth überhaupt nicht.
Sollte sie die virtuelle Freundschaft vielleicht beenden?
Immer noch gelangweilt klickt Jasmine die Rubrik „Freunde" auf Elizabeths Profilseite an.
Mal schauen, mit wem Elizabeth so ihre Freizeit verbringt!
Plötzlich staunt Jasmine nicht schlecht.
Denn da gibt es dieses tolle Profilfoto von Elizabeths Facebook-Freundin Olivia!
Natürlich hat Jasmine keinerlei Beziehung zu dieser Olivia. Außer, dass sie eben Elizabeth als gemeinsame Facebook-Freundin haben.
Trotzdem ist Jasmine sofort fasziniert von ihr.
Olivia sieht nämlich fantastisch gut aus!
Ihr adrettes Äußeres, die perfekte Frisur, die strahlend weißen Zähne und das überglückliche Lächeln dieser Facebook-Olivia haben Jasmine neugierig gemacht.
Da lohnt es sich definitiv, das Profil einmal genauer anzuschauen!

Beim Herumstöbern in Olivias ungeschütztem Profil taucht Jasmine in eine völlig neue Welt ein.
Coole Partys.
Lauter glückliche und strahlende Menschen in den angesagtesten Locations von New York City. Reisefotos aus den exotischsten Ländern. Designer-Möbel aus Skandinavien.
Ein exklusives Penthouse-Apartment auf der Upper East Side.
Und dann taucht immer wieder dieser absolut verführerisch aussehende Ehemann namens Don auf den Fotos auf...
Jasmine kommt aus dem Staunen kaum noch heraus!
Unwillkürlich spürt sie eine Woge von Neid in sich aufkeimen.
Aha. So schön kann das Leben also auch sein! Wie entsprungen aus einem Hollywood-Film!

Plötzlich muss Jasmine jedoch stutzen.

Denn Olivias letzter Facebook-Eintrag liegt bereits über sieben Monate zurück!
Zu diesem Zeitpunkt gibt Olivia öffentlich bekannt, dass sie schwanger ist und ein Kind erwartet.
Von ihrem traumhaften Ehemann Don.
789 *likes* hat diese Bekanntmachung erhalten.
Warum hat Olivia danach hier nichts mehr gepostet?
Trotz der unzähligen Nachfragen und Kommentare ihrer Freunde, die auf ihrer Facebook-Pinnwand auftauchen?
Für einen kurzen Moment spürt Jasmine eine Woge der Besorgnis und Unruhe in sich aufsteigen.
Doch dann sticht Jasmine ein letzter Eintrag von Olivia ins Auge, den sie vorhin vor lauter Schreck übersehen hat.
Zum Glück! Vor genau sechs Monaten hat Olivia ihn gepostet.
Dieser Beitrag ist so kurz, dass er wirklich kaum auffällt.

„Tschüss, Ihr Lieben, ich verabschiede mich aus der virtuellen Welt des Scheins und widme mich endlich der realen Welt des Seins", steht da.

Aha. Das ist also des Rätsels Lösung!
Jasmine ist beruhigt. Alles total in Ordnung.
Diese Olivia ist gewiss ein Trendsetter.
Neulich hat Jasmine in einem Lifestyle-Magazin gelesen, dass es bald in Mode kommen wird, sich in den sozialen Netzwerken rar zu machen. Da bildet diese Olivia gewiss bereits die Vorhut dieses neuen Trends.
Ach, was hat diese Olivia es doch gut!
Jasmine stellt sich vor ihrem inneren Auge vor, wie Olivia glücklich mit ihrem Kind spielt und wie dieser tolle Don sie liebend in die Arme nimmt. Total plastisch malt Jasmine sich aus, wie happy Olivia und Don sich in ihrem traumhaften Penthouse fühlen müssen. Auf der Upper East Side. Umgeben von wertvollen skandinavischen Designer-Möbeln.
Jasmine seufzt neidisch.

In dem Moment schreit aus dem Nachbarzimmer ihr Baby.

Auch wenn die Trennung mit ihrem Mann bereits fünf Monate zurückliegt, findet Jasmine es immer noch verdammt hart, alleinerziehende Mutter zu sein. So richtig wird sie sich wohl nie daran gewöhnen können. Es ist schon traurig genug, dass sie ihre wenige freie Zeit nur mit Facebook verbringt.

Ach, was würde Jasmine darum geben, so glücklich vereint in einer Familie mit Traummann zu leben, wie das bei Olivia der Fall ist! In einem schicken Apartment und ganz ohne materielle Nöte.

Was Jasmine natürlich nicht weiß: Oft ist nicht alles so, wie es scheint!

Der vermeintlich großzügige Freund

Katrine erzählt.

Es ist ein wunderschöner Sommertag.
Zu viert hocken wir zusammengepfercht in meinem kleinen, alten Ford Fiesta, während wir den malerischen Strandvej entlangfahren.
Ich sitze am Steuer.
Wenn ich mich nicht gerade auf den Verkehr auf der Straße vor mir konzentrieren muss, lasse ich meinen Blick kurz zur rechten Seite schweifen. Das Wasser des Øresunds glitzert und funkelt nur so in der Sonne. Auf dem Fahrradweg, der parallel zur Straße verläuft, sind irre viele Inline Skater, Biker und Läufer unterwegs. Mit den reichen Villen und immens großen Häusern auf der linken Seite fühlt es sich ein bisschen wie ein kalifornischer Traum in Hollywood an.

Ein *Hollywood Feeling made in Denmark* sozusagen.

„Der Strandvej ist einfach ein Traum!", schwärmt meine Freundin Merrit begeistert, die direkt hinter mir sitzt. „Stellt euch mal vor, 38 Kilometer kann man dieser wundervollen Straße von Kopenhagen aus bis zur Stadt Helsingør im Norden folgen!"
„Ja, es ist schon verdammt cool!", grunzt Palle neben mir. „Ein ganz anderes Sommergefühl als bei uns in Jütland!"
„Ich bin so froh, dass du die Idee hattest, mit uns hier ein Wochenende zu verbringen, Katrine!", meint Anders, der sich mit Merrit die Hinterbank in meinem kleinen Flitzer teilt.
„Ja, das bin ich auch!", sage ich begeistert und trete fröhlich aufs Gaspedal.
Es ist wirklich eine super-tolle Idee gewesen, gemeinsam mit meinem neuen Freund Palle, meiner besten Freundin Merrit und meinem guten Kumpel

Anders hier auf Seeland ein verlängertes Wochenende zu verbringen!

Das Allertollste an dem ganzen Unterfangen ist aber, dass die drei sich unglaublich gut verstehen.

Denn mal im Ernst. Nichts ist schöner, als wenn deine besten Freunde von deinem neuen Freund annähernd genauso begeistert sind wie du!

Nach einer Weile blinke ich und biege ab.

Wir haben unser Ziel an einer Abzweigung des Strandvej erreicht. Ein wundervolles Kunstmuseum, welches uns meine Tante Lene wärmstens empfohlen hat.

„Ooooh, ist das schön hier!", schwärmt Merrit freudig, als wir aus dem Auto steigen.

Bei strahlendem Sonnenschein begeben wir uns zum Museumseingang, um Tickets zu kaufen.

Merrit und Anders bezahlen jeweils für sich.

Kaum dass Anders seine Dankort, die dänische Kreditkarte, aus dem Lesegerät genommen hat, bin ich an der Reihe.

„Oh, lass mich mal deine Dankort anschauen! Sehr interessant sieht die aus!", sagt Palle plötzlich. Und ehe ich mich versehe, nimmt er mir meine Kreditkarte aus der Hand und führt stattdessen seine eigene in das Lesegerät ein.

„Einmal Eintritt für zwei Personen, bitte!", sagt er zu der Dame, die die Tickets verkauft.

Verblüfft schaut sie ihn an.

„Ui, sehr nett! Der ist aber wirklich toll, dein Freund – und so großzügig!", meint Merrit, die neben mir steht.

„Kein Thema, immer gerne", erklärt Palle lächelnd, „wenn ihr nicht so schnell gewesen wärt, hätte ich den Eintritt für euch natürlich gleich mitbezahlt!"

„Ist schon okay! Aber trotzdem vielen Dank dafür! Rein theoretisch jedenfalls", erwidert Anders scherzhaft.

Anerkennend lächelt er mich an. Zweifelsohne hat mein neuer Freund Palle mit dieser Aktion bei Merrit und Anders verdammt guten Eindruck geschunden! Da wir alle Studenten aus Århus im ersten Semester sind, geht für diesen Wochenendtrip nämlich ein guter Teil unserer

Ersparnisse drauf. Und da ist es doch super-toll, dass Palle uns allen den Eintritt spendiert hätte.
Rein theoretisch jedenfalls.

Die nächsten Stunden verbringen wir staunend in diesem sagenhaften Museum.
Oh ja, es ist wirklich das phantastischste Kunstmuseum, das ich jemals besichtigt habe!
Während wir uns die Bilder anschauen, legt Palle immer wieder seinen Arm um mich. Ich fühle mich wie im siebten Liebeshimmel.
„Hej, ihr drei, wisst ihr was? Ich habe unglaublichen Hunger!", unterbricht Anders irgendwann unser Staunen über die phänomenalen Ausstellungsstücke.
„Au ja, lasst uns ins Museumscafé gehen, das muss irre gut sein!", stimmt Merrit ihm zu.
Während Palle und ich vier Sitzplätze sichern, stellen Merrit und Anders sich schon einmal an, um ihr Essen zu besorgen. Merrit kehrt mit einem Brownie, Anders mit einem Zuckerkringel und beide jeweils mit einer Tasse Kaffee zurück.
„Das sieht verdammt lecker aus, was ihr euch da bestellt habt!", grunzt Palle.
Dann sind wir an der Reihe mit der Futterbesorgung.
Während wir anstehen, meint Palle: „Ich habe den Eintritt fürs Museum spendiert, jetzt bist du dran mit Bezahlen!"
„Klar, kein Thema!", bestätige ich.
Palle küsst mich auf das linke Ohrläppchen und streichelt mir verführerisch über den Rücken.
Ach, was ist das doch für ein wundervoller Tag!
„Ich hätte gerne ein Stück Brombeerkuchen und eine Holunderlimonade", sage ich der Dame an der Essensausgabe, als wir endlich an der Reihe sind.
Sie nickt freundlich und reicht mir den Kuchen und das Getränk über den Tresen.
„Und was möchtest du gerne? Gehört ihr zusammen?", fragt sie danach Palle zugewandt.
„Ja, das tun wir", antwortet er, „also, ich hätte gerne diese belegten Brote – die fünf *Rugbrød* – im Angebot, eine kleine Portion gemischten Salat, dazu ein Stück

Apfel-Zimtkuchen und eines dieser Petit Four, und dann noch eine Tasse Gourmet-Kaffee und – oh, fast hätte ich es vergessen - ein großes Glas von diesem frisch gepressten Orangensaft, der sieht wirklich phantastisch aus! Man muss ja schließlich etwas für seine Gesundheit tun!"

Palle lächelt der Dame zu. „Hast du alles mitbekommen und auch nichts vergessen?", fragt er sie.

„Natürlich, das ist mein Job!", erwidert sie schlagfertig.

Sie holt ein großes Tablett und stellt Unmengen von Getränkebehältern und Tellern mit Palles Essen und Getränken darauf.

„Ich nehme mal an, du bezahlst?", erkundigt sich die Dame am Tresen und sieht Palle dabei an.

„Oh nein, diesmal geht das auf sie", erklärt Palle und zeigt mit seinem Finger auf mich.

„Wirklich?" Die Dame hinter der Essenstheke sieht erstaunt aus.

„Jaja, klar, natürlich. Mein Freund hat bereits den Eintritt für uns spendiert", sage ich schnell.

„Na ja", entgegnet die Dame knapp, „das macht dann 390 Kronen, bitte."

Das sind über 200 Kronen mehr, als was Palle vorhin für den Eintritt ausgegeben hat.

Aber ich will ja nicht knickerig erscheinen.

„Okay, ich bezahle genau den Betrag, *på beløbet*", sage ich schnell und ziehe meine Dankort durch das Einlesegerät.

Palle balanciert derweil unser voll bepacktes Tablett zu dem Tisch, an dem Merrit und Anders die Stellung halten.

„Wow, sieht das lecker aus!" Merrit fallen fast die Augen aus dem Kopf, als sie unsere kulinarischen Köstlichkeiten sieht.

Palle beißt sogleich in das anmutig dekorierte Petit Four.

„Magst du auch mal probieren?", fragt er Merrit freundlich und hält ihr das angebissene Dessert hin.

„Bist du dir sicher, dass ich probieren darf? Es ist doch nur so klein?", erkundigt Merrit sich zweifelnd.

„Na klar, kein Thema! Notfalls bestellen wir einfach noch eins nach! Ich freue mich, wenn du es probierst, so eine Köstlichkeit solltest du dir nicht entgehen lassen!", antwortet Palle gönnerhaft.
„Okay!" Merrit beißt ein klitzekleines Stückchen von der süßen Köstlichkeit ab.
„Mhmmm! Phantastisch! Das musst du unbedingt probieren, Katrine! Es schmeckt einfach großartig!", bricht sie sogleich ins Schwärmen aus. „Ach Mensch, er ist wirklich sehr großzügig, dein Freund!", fügt Merrit dann noch hinzu.
Ehe ich etwas sagen kann, meint Palle: „Magst du auch mal probieren, Katrine? Dann hol' dir am besten gleich ein eigenes Petit Four vorne am Tresen! Es sind noch mehr als genug da! Die Teilchen sind so klein, irgendetwas davon muss ja schließlich auch noch für mich zum Essen übrig bleiben! Sonst habe ich ja gar nichts davon!"
„Das stimmt!", pflichtet Merrit ihm lachend bei. „Katrine, du solltest dir unbedingt ein Petit Four besorgen!"
„Nee, danke", winke ich ab, „so scharf bin ich darauf nun auch wieder nicht!"
Dabei ist das eine glatte Lüge. Denn liebend gerne hätte ich von dem Petit Four gekostet.
Nur bin ich halt nicht so reich, dass ich einfach mal so beliebig viel Geld im Museumscafé verprassen kann.

****

Später am Nachmittag setzen wir die Reise nach Helsingør fort. Nachdem wir uns die beeindruckende Festung Kronborg Slot angesehen haben, in der bereits das sagenhafte Stück Hamlet gespielt hat, bummeln wir gemütlich durch das Innere der Stadt.
„Mensch, Leute, was habe ich schon wieder Hunger, es ist einfach unglaublich!", stöhnt Merrit.
„Dein Brownie hat wohl nicht sehr lange vorgehalten", meint Anders scherzhaft.
„Nee, anscheinend nicht!", bestätigt Merrit und hält sich den Bauch.

„Hey, wisst ihr was? Ich habe da eine grandiose Idee! Katrine, kommst du mal mit und hilfst mir tragen?", fragt Palle mich.
„Klar, okay", sage ich und folge ihm.
Zielsicheren Schrittes steuert Palle einen *Pølsevogn*, einen mobilen Hot Dog-Verkaufsstand, an, der in etwa hundert Metern Entfernung steht. Merrit und Anders bleiben, wo sie sind, und schauen uns neugierig hinterher.
Sorgfältig studiert Palle am Hot Dog-Wagen die Speisekarte.
„Ich lade euch alle ein", erklärt er mir.
„Was für eine coole Idee!", erwidere ich begeistert. „Ich esse am liebsten die *Medister*-Hot Dogs, mit einer Bratwurst!"
Dreißig Kronen steht als Preis für ein *Medister*-Hot Dog neben dem Foto auf der bunten Tafel, auf der die verschiedenen Hot Dog-Variationen abgebildet sind.
„Och nee, lass mal! Keine Extrawürste hier, Katrine!", widerspricht Palle. „Lass uns doch lieber für alle das Gleiche nehmen, ansonsten wird es so fürchterlich kompliziert! Ich finde die klassischen französischen Hot Dogs sind immer noch die allerbesten!"
Er deutet nun ebenfalls auf die bunte Tafel.
„Viermal einen *Fransk Hot Dog*, bitte!", sagt er höflich zu dem Verkäufer.
„Natürlich, sofort, sehr gerne!", antwortet der Mann in seinem Wagen hinter dem Verkaufstresen. „Das macht dann hundert Kronen, bitte!"
Aha.
Schon wieder hat Palle die kostengünstigste Variante gewählt.
Ist das ein Zufall? Oder findet er wirklich, dass *Fransk Hot Dogs* die allerbesten von allen sind?
Der Klassiker unter den Hot Dogs sozusagen...
Mit einem Hot Dog in jeder Hand kehren Palle und ich wenige Minuten später zu Anders und Merrit zurück.
„Hier, um deinen Hunger zu stillen", sagt Palle großzügig und drückt Merrit ein Hot Dog in die Hand.
„Und du", meint Palle zu Anders, „kannst sicherlich ebenso eine kleine Stärkung gut gebrauchen!"

„Wow, wie geil, da sag ich nicht nein!", erwidert Anders begeistert.
„Mensch, Palle, du bist sowas von lieb und aufmerksam! Was bekommst du denn dafür?", möchte Merrit von Palle wissen. Obwohl es wahrscheinlich allen klar ist, dass es sich dabei lediglich um eine rhetorische Frage handelt.
„Ach, lass mal!", antwortet Palle überaus gönnerhaft. „Ich lade euch alle ein! *I am a giver, not a taker*, wie der Brite sagt!"
„Ooooh, das ist sooooo lieb von dir!" Merrit klingt richtig gerührt. „Vielen lieben Dank dafür! Ach, Katrine, was hast du doch bloß für einen großzügigen Freund! Er ist wirklich ganz toll, dein Palle, und so höflich!"
Ich knabbere nur an meinem Hot Dog herum und sage inzwischen gar nichts mehr.

Es geht bereits stark auf den Abend zu, als wir uns wieder Richtung Auto bewegen. Wir haben auf einem gebührenpflichtigen Parkplatz in der Nähe des Hafenterminals von Helsingør geparkt.
„Oh, Mann, bin ich kaputt!", seufzt Anders, während er sich mit seinem ganzen Gewicht auf die Hinterbank des Ford Fiestas plumpsen lässt. Dabei hält er sich den Bauch.
„Und ich erst!", sagt Merrit.
„Hey, was ich dich noch fragen wollte, Katrine", fällt ihr dann ein, „wieviel Geld bekommst du eigentlich von uns für die Parkgebühren? Das Parken hat hier doch zehn Kronen die Stunde oder so gekostet, oder? Nicht, dass du alleine auf den ganzen Kosten sitzen bleibst!"
„Genau!", pflichtet Anders ihr bei. „Übrigens musst du uns auch noch sagen, was du an Benzingeld für den ganzen Wochenendtrip bekommst, Katrine! Und außerdem hast du ja das Ticket für die Fährüberfahrt von Århus nach Sjællands-Odde für unsere Hin- und Rückfahrt nach Kopenhagen bezahlt. Gib uns auf jeden Fall Bescheid, was wir dir anteilig schulden!"
„Ja, also, das sind so um die..."

Noch ehe ich meinen Satz beenden kann, fährt Palle dazwischen: „Merrit und Anders, natürlich braucht ihr nichts an Benzinkosten beizusteuern! Und auch die Fährüberfahrt von Jütland nach Seeland übernehmen wir komplett allein, nicht wahr, Katrine? Ihr seid herzlich eingeladen! Fühlt euch wie unsere Gäste!"
Ich spüre, wie sich das Blut in meinem Kopf anstaut. Vor Wut. Denn bislang bin ich ständig in Vorkasse bei dieser Reise getreten, während Palle mir gerade mal den Museumseintritt und einen lausigen Hot Dog für 25 Kronen spendiert hat. Dafür aber mit einem umso größeren Tamtam um seine vermeintliche Großzügigkeit.
„Palle, also, ich sehe das etwas anders", beginne ich langsam, werde jedoch von Merrits Gekreische übertönt.
„Mensch, Palle! Würdet ihr das wirklich tun! Ihr ladet uns ein! Wow, was ist das großzügig von dir... äh, ich meine, von euch! Das ist sowas von toll, vor allem, wo ich gerade auf meinem Bankkonto totale Ebbe habe!" Merrit greift sich an den Kopf. So sehr freut sie sich.
„Sag das nochmal, ist das wirklich wahr, Palle?", erkundigt sie sich gleich ein zweites Mal mit vor Begeisterung vibrierender Stimme.
„Ja, es ist so, Merrit! Wir laden euch ein!", sagt Palle nickend.
Von der Seite sieht er mich an.
„Mach dir keine Gedanken, Katrine", meint er, „wir teilen die Kosten dann später irgendwie unter uns beiden auf!"
„Es ist für mich dann aber trotzdem noch doppelt so teuer, als wenn wir die Spritkosten auf uns vier verteilt hätten!", widerspreche ich heftig.
„Aber, Katrine, schau doch mal! Merrit hat sich gerade so sehr gefreut! Nicht wahr?", fragt Palle.
Aus dem Rückspiegel sehe ich, wie Merrit heftig nickt.
Kein Wunder. So sehr ich meine beste Freundin auch mag, von ihren konstanten Geldsorgen kann ich ein Lied singen. Es ist also keine große Überraschung, dass sie sich tierisch freut, wenn sie für den ganzen Trip hier keine Fahrtkosten übernehmen muss.

„Na also", nickt Palle fröhlich. „Wenn es mein Auto wäre, würde ich euch sogar die komplette Fahrt aus eigener Tasche spendieren. Aber es ist ja Katrines Wagen, also beteilige ich mich an den Spritkosten, damit wir euch auf diese Weise einladen können!"
„Ich weiß gar nicht was sagen soll! Das ist ja soooo lieb! Vielen lieben Dank dafür!", antwortet Merrit super-begeistert. Wieder sieht sie richtig gerührt dabei aus.
Anders starrt derweil schweigend aus dem Fenster und meldet sich gar nicht mehr zu Wort.
Palle scheint ihm auf die Nerven zu gehen.
Und ich frage mich allmählich, wozu ich überhaupt beste Freunde habe.
Aber wahrscheinlich bin ich selbst daran schuld. Dass ich mich nicht traue, etwas zu sagen.
Andererseits wäre es auch zu blöd, wenn ich jetzt plötzlich geizig wirken würde. Wo mein neuer Freund Palle doch so viel Wert auf Großzügigkeit legt. Das hat er, seitdem wir zusammen sind, immer wieder sehr stark betont. Er findet es einfach total blöd, wenn Leute auf jede ausgegebene Krone achten und anderen nichts abgeben wollen. Außerdem sind Anders und Merrit schließlich meine besten Freunde. Wie kann ich da auf mein Geld bestehen, wenn Merrit bereits in solche Begeisterungsstürme ausgebrochen ist? Das würde dermaßen uncool wirken.

Merrit sieht mich im Rückspiegel total strahlend an.
„Ach, Katrine, ich beneide dich!", sprudelt es plötzlich aus ihr heraus. „Was du doch für einen tollen Freund hast! Und so großzügig!"
„Kein Thema", wiegelt Palle gönnerhaft ab, *„I am a giver, not a taker..."*
„...wie der Brite sagt!", vollenden Palle und Merrit gemeinsam den Satz im Chor.
Dabei lachen sie ganz laut. Ebenfalls im Chor.

Als wir abends wieder in Kopenhagen sind, gehen wir in einer Pizzeria essen. Es ist wunderschön, im Sonnenschein in diesem idyllischen Innenhof nahe der Fußgängerzone Strøget zu sitzen. Nur Anders ist leider nicht dabei, da er sich urplötzlich unwohl fühlte.
„Das *Fransk Hot Dog* redet mit mir, ich habe ständig davon Aufstoßen", hat er gemeint und uns gebeten, diesmal ohne ihn loszuziehen. Also sind wir nur zu dritt.

„Eine Pizza Margherita, bitte", sagt Palle höflich, als bei der Bestellung die Reihe an ihn geht.
„Heute Abend bezahlt jeder für sich", raunt er mir zu, „schließlich habe ich dir heute schon zweimal etwas ausgegeben, den Eintritt für das Museum und das warme Mittagessen – na ja, und du hast mir ja einmal im Museum einen kleinen Imbiss spendiert!"
Ehe ich etwas darauf erwidern kann, meint Merrit: „Oh ja, das mit den Hot Dogs war wirklich eine grandiose Idee! Dermaßen toll! Und so großzügig von dir, Palle, sehr aufmerksam!"
Sie lächelt meinen Freund warmherzig an.
„Mensch, Palle, ich kann es immer noch nicht fassen, dass du die Fahrtkosten bezahlst... nochmals vielen lieben Dank dafür! Und an dich natürlich auch, Katrine! Das ist so nett von dir, Palle,... äh, ich meine natürlich, von euch beiden!"
„Kein Problem, immer gerne!", antwortet Palle fröhlich. „Denn..."
„*I am a giver, not a taker*, wie der Brite sagt!", vollenden Palle und Merrit gemeinsam den Satz. Schon wieder!
Sie lachen schallend dabei.
Eine Viertelstunde später erscheint die Kellnerin mit drei Pizzatellern auf dem Arm.
„Eine Margherita?", fragt sie.
„Ja, bei mir!", ruft Palle.
„Und eine griechische Pizza?"
„Die bekomme ich", antworte ich schnell, „vielen Dank!"
„Und die Pizza Fruttti Di Mare? Die ist bestimmt für dich!", meint die Kellnerin zu Merrit.

Die nickt eifrig.
Freudig sehe ich meine Pizza an. Sie duftet geradezu verführerisch, dass mir schon richtig das Wasser im Mund zusammen läuft.
Palle schneidet ein kleines Stück von seiner Pizza Margherita ab und führt es direkt in seinen Mund.
„Oh nein!", entfährt es ihm.
„Was ist denn?" Erschrocken blicken Merrit und ich zu ihm.
„Oh nein!", wiederholt Palle abermals. „Sowas habe ich ja noch nie erlebt! Diese Margherita schmeckt dermaßen trocken! Normalerweise liebe ich diese Art von Pizza, so schlicht und simpel, einfach nur mit Tomatensoße und Käse! Aber diese hier... völlig untragbar! Vielleicht sollte ich die Kellnerin fragen, ob ich noch etwas zusätzlichen Belag nachbestellen kann. Glaubt ihr, das geht?"
Nachdenklich sieht Palle Merrit und mich an.
„Obwohl, wenn sie den zusätzlichen Pizzabelag bringt, ist der bestimmt total kalt", grübelt Palle laut weiter, „oder sie müssen ihn erst warm machen, aber dann ist die restliche Pizza kalt! Mhmmm... was mache ich bloß? Ein wenig Schafskäse, Oliven oder Meeresfrüchte würden den Geschmack meiner Pizza bestimmt erträglicher machen!"
Sehnsüchtig starrt er auf Merrits und meine Pizzen, auf denen es von Schafskäse, Oliven und Meeresfrüchten nur so wimmelt.
„Ach, Palle, weißt du, was? Du kannst dir gerne etwas Belag von meiner Pizza nehmen!", bietet Merrit plötzlich freundlich an.
Mit offenem Mund blicke ich zu meiner Freundin. Da klappt einem doch glatt die Kinnlade herunter!
„Im Ernst? Aber nein, so etwas kann ich überhaupt nicht annehmen, Merrit!", widerspricht Palle mit zutiefst entrüsteter Stimme. „Dann hast *du* ja viel weniger Belag auf deiner Pizza!"
„Das macht nichts!", winkt Merrit lächelnd ab. „Es sind mir eh viel zu viele Meeresfrüchte darauf! Und Muscheln und Oktopus mag ich sowieso nicht so gerne."

Verständnislos schüttele ich den Kopf. „Wenn du keine Muscheln und keinen Oktopus magst, wieso bestellst du dir dann überhaupt die Pizza Frutti Di Mare?"
Merrit zuckt mit den Schultern. „Och, ich hab vorhin nicht groß darüber gedacht, was die da alles so drauf tun. Ich mag eigentlich nur die Garnelen ganz gerne. Also", sagt sie dann zu Palle gewandt, „nimm dir gerne soviel von meinem Belag, wie du nur magst – und vor allem die ganzen Muscheln und den Oktopus! Wirklich! Das ist eine Win-Win-Situation für uns beide!"
„Klasse!", grunzt Palle und strahlt. „Tausend Dank! Und wir beide wissen ja..."
„... *I am a giver, not a taker*, wie der Brite sagt!", stimmen Merrit und Palle erneut in ihren privaten Kanon ein und zwinkern sich zu.
Irgendwie fühle ich mich verdammt außen vor. Und das, obwohl ich Palles Freundin bin!
Aber ich finde die Show, die die beiden gerade abziehen, dermaßen bescheuert, dass ich nicht die geringste Lust verspüre, mit Merrit um meinen Palle zu konkurrieren.

Nach dem Abendessen machen wir uns auf den Weg zu Christiania. Schon immer wollte ich mir diese Freistadt inmitten von Kopenhagen, die einen phantastischen Boden für soziale Experimente und alternative, freie Lebensentwürfe bietet, genauer anschauen.
Zu Beginn laufen wir noch die von Touristen übersäte Pusher Street entlang. Nach einer Weile verlassen wir die überlaufenen Touristenpfade und begeben uns in den schönen, ruhigen Teil der Freistadt, der durch sehr viel grüne Natur und Wasser geprägt ist. Und viele lustige, bunte, selbst gezimmerte Häuser, die rund um das Wasser zu sehen sind.
„Oh, was für ein cooler Ausblick! Ob wir wohl noch dichter an den See herankommen? Dort unten, wo die Böschung direkt zum Ufer führt?", ruft Merrit übermütig.
Schon läuft sie die Böschung hinunter.
Palle und ich versuchen ihr zu folgen, aber Merrit ist viel zu schnell für uns.

Versehentlich trete ich auf einen Stein, der im hohen Gras versteckt liegt.
Ich knicke um und beginne zu stolpern.
Instinktiv ergreife ich die Hand von Palle, der direkt hinter mir geht.
Erstaunlicherweise greife ich jedoch ins Leere. Denn Palle hat urplötzlich seine Hand weggezogen. Einfach so.
Ich stolpere nochmals.
Gerade noch so schaffe ich es, mit Mühe das Gleichgewicht wiederzuerlangen.
„Mensch, Palle! Wieso ziehst du mir denn die Hand weg?", rufe ich erschrocken aus. „Du hast doch gesehen, dass ich kurz vorm Hinfallen war und hättest mir helfen können!"
„So ein Blödsinn!", entgegnet Palle trocken. „Es hätte ja wohl überhaupt keinen Sinn gemacht, wenn ich dann auch noch auf die Nase gefallen wäre!"
Unten wartet Merrit auf uns.
Sie strahlt über beide Backen. „Es ist so toll hier!", meint sie.
Palle nickt begeistert. „Ja, es ist ein wunderschöner Abend!"
Wie auf einer kitschigen Postkarte sieht man im Hintergrund des Sees allmählich die Sonne untergehen.
Da piept auf einmal mein Handy ganz laut.
Eine SMS von Anders.

Liebe Katrine,
könnt ihr mir bitte noch eine Flasche stilles Wasser vom Seven Eleven-Kiosk neben der Jugendherberge mitbringen, wenn ihr zurückkommt? Vielen Dank & liebe Grüße! Knus, Anders

„Hey, ihr beiden. Anders hat geschrieben. Er hat darum gebeten, ob wir ihm eine Flasche Wasser mitbringen können, wenn wir zum Hostel zurückkehren", erkläre ich.
„Klar, können wir machen", antwortet Palle achselzuckend.

„Aber wir gehen doch noch nicht zurück, oder? Ich finde es gerade so toll hier! Richtig romantisch!", sagt Merrit. Dabei setzt sie einen gespielt ängstlichen Gesichtsausdruck auf.
„Nein, nein, natürlich bleiben wir hier. Wenn es dir so gut gefällt", beruhigt Palle sie sofort.
Dabei streicht er ihr kurz über den Rücken.
Mit hochgezogenen Augenbrauen sehe ich ihn an.
„Ich würde trotzdem gerne nach Anders schauen! Ihm ging es ja wirklich nicht gut, als wir die Jugendherberge verlassen haben!", appelliere ich an Merrits und Palles Mitgefühl.
Irgendwie verspüre ich nicht die geringste Lust, mit den beiden im Doppelpack hier am Ufer vor der Kulisse eines romantischen Sonnenuntergangs zu verweilen.
„Also, Palle, kommst du mit?" Ich mache Anstalten, wieder die Böschung hochzugehen.
„Jetzt schon?" Palle sieht mich mit einem treu-traurigen Gesicht an, als ob er ein Hund wäre, dem man gerade das Futter vor der Nase weggezogen hätte.
Aber vielleicht ist das sogar so. Das neue Futter namens Merrit.
„Mhmmm... jetzt schon?", spricht Merrit ihm nach. „Lass uns doch noch ein Weilchen hier bleiben, Katrine! Wir können dann doch immer noch zurückgehen!"
„Ja, nur eine kurze Weile", stimmt Palle ihr zu.
Entgeistert sehe ich ihn an. Es ist völlig klar, was hier gespielt wird.
„Palle, weißt du was? Ich gehe jetzt! Es ist schließlich schon zehn Uhr, und Anders wartet sicherlich auf uns! Also, kommst du nun mit oder nicht?"
Palle sieht mich nachdenklich an. Aber nur ganz kurz.
Dann sagt er: „Geh du doch schon mal vor, Katrine, wir kommen dann später nach!"
„Bist du dir sicher?" Ich muss schwer schlucken. „Ich meine, bist du dir sicher, dass du dir hier gemeinsam mit Merrit den Sonnenuntergang anschauen willst, während ich alleine durch die Nacht zurückgehe?"
Es ist schon faszinierend.
Manchmal gibt es Momente in einer Beziehung, in der man sich unendlich einsam fühlt.

Einfach nur unendlich einsam, obwohl man eigentlich ein Paar ist. Aber sind Palle und ich überhaupt noch ein Paar? Und was soll diese Show mit Merrit, die ihn die ganze Zeit über anhimmelt, dass es wirklich zum Speien ist?!

„Ich möchte gerne hier bleiben", erklärt Palle, „du kannst ja auch bleiben, wenn du magst, Katrine. Nur weil wir ein Pärchen sind, muss ich dir ja nicht wie ein kleiner Hund überall hin folgen!"

„Keine Angst, Katrine, ich werde schon gut auf deinen Palle aufpassen!", fügt Merrit scherzhaft hinzu. „Er wird hier in Christiania nicht überfallen werden!"

„Ja, höchstens von dir", murmele ich vor mich hin, beinahe mehr zu mir selbst.

„Was hast du gesagt?"

„Ach, nichts! Vergesst es einfach! Ich werde alleine zurück zu Anders ins Hostel gehen!" Entschlossen wende ich Merrit und Palle den Rücken zu.

„Moment! Kleines, liebes Küsschen noch zum Abschied!", grunzt Palle und hält mir seine linke Wange hin.

Schnell drücke ich ihm einen Schmatzer auf die Backe.

„Schreib mir eine SMS, wenn du sicher in der Jugendherberge angekommen bist, meine Liebste!", säuselt Palle. „Wenn ich nichts von dir hören sollte, werde ich mich melden! Die Straßen hier in Christiania sind nämlich ganz schön dunkel!"

Dabei streichelt er mir liebevoll über den Rücken.

„Und grüß den Anders ganz lieb von uns!", bittet mich Merrit, während sie mich drückt.

Merrit versucht mich zu umarmen, aber ich bin steif wie ein Stock.

Sie scheint es noch nicht mal zu bemerken.

„Ja, grüß den Anders ganz lieb von uns – und bestell ihm gute Besserung!", schreit Palle mir hinterher, während ich alleine die Böschung erklimme.

Piep. Piep. Piep. Lieb. Lieb. Lieb.

Ich komme mir wie bei einer totalen Verblödungsaktion vor!

Als ich von oben aus ein letztes Mal zurückblicke, sehe ich Merrits und Palles Konturen am Rande des Sees. Mit dem pittoresken Sonnenuntergang im Hintergrund sieht das Ganze aus der Ferne hochromantisch aus.

****

„Dein neuer Freund ist ein absoluter Vollarsch!", sagt Anders und sieht mich verärgert an.
Er hat die Wasserflasche, die ich ihm aus dem Seven Eleven mitgebracht habe, leer getrunken. Währenddessen habe ich meinem Ärger ordentlich Luft gemacht.
Anders schüttelt nur noch den Kopf.
„Ich verstehe echt nicht, was du an dem findest! Dein vermeintlich perfekter Freund! Von wegen, der ist sowas von großzügig! Das ist ein total geiziger Typ! Und von dem Fahrtgeld hätte er auch niemals die Hälfte beigesteuert! Das hat er doch nur gesagt, um die Merrit zu beeindrucken! So ein Volltrottel! Du wärst komplett auf deinen Kosten sitzen geblieben, Katrine!"
„Du glaubst also nicht, dass ich das alles etwas zu streng sehe?", frage ich Anders zweifelnd. „Anfangs war Palle sowas von lieb und großzügig... sonst hätte ich mich ja nicht in ihn verliebt!
„Sowas von lieb und großzügig!", äfft Anders mich nach. „Jetzt klingst du ja fast schon wie Merrit! Das Einzige, womit der gute Palle großzügig sein wird, ist mit dem Teilen seiner Zärtlichkeit gegenüber Merrit! Das war schon auf der Rückfahrt nach Kopenhagen dermaßen offensichtlich, sogar für mich!"
Tränen schießen mir in die Augen.
Gleichzeitig bin ich aber auch unglaublich wütend. Vor allem auf mich selbst.
Wie konnte ich nur auf so einen Armleuchter reinfallen?
Noch nicht mal eine SMS hat Palle mir bislang geschrieben, um zu fragen, ob ich gut angekommen bin. Das hat er sonst immer gemacht. Nach jedem einzigen Date.

Weil er angeblich so fürsorglich ist und voll darunter leiden würde, wenn er nicht wissen würde, ob bei mir alles okay ist.

„Was machen wir jetzt nur?", frage ich Anders verzweifelt. „Ich halte es nicht aus, Merrit und Palle hier nachher super-glücklich auftauchen zu sehen!"

Da ergreift Anders plötzlich meine Hand.

„Ich habe eine tolle Idee!", sagt er. „Wir packen jetzt ganz schnell unsere Sachen zusammen und fahren mit dem Auto nach Roskilde. Die Stadt ist nur eine halbe Stunde von hier entfernt und soll super-schön am Fjord gelegen sein! Wir suchen uns dort ein Zimmer in der Jugendherberge und lassen Merrit und Palle hier zurück!"

Verdattert sehe ich Anders an.

„Ja, und wie kommen die beiden dann morgen nach Hause nach Århus?"

„Das ist deren Problem!", meint Anders.

„Wow!", sage ich nur. „Wow!"

Nachdenklich kratze ich mich am Kopf. Ein Gefühl der Genugtuung steigt in mir auf, auch wenn es moralisch sicherlich inkorrekt ist.

„Und das Jugendherbergszimmer hier? Wer zahlt das dann?", frage ich Anders.

„Wir sagen der Rezeptionistin, dass Palle die Rechnung übernimmt. Er ist ja so großzügig", spottet Anders, „ich gebe dir dafür die Hälfte des Benzingelds und der ganzen anderen Ausgaben, die du mit deinem Wagen hattest! Das kommt dann mit der Kostenverteilung unter uns allen perfekt hin!"

„Okay", stottere ich langsam, „nur findest du nicht, dass das eine Spur zu hart ist?"

„Nee, überhaupt nicht!" Anders schüttelt entschieden den Kopf. „Denn du kennst ja die Maxime..."

„... *I am a giver, not a taker*, wie der Brite sagt!", rufen Anders und ich im Chor.

„Und diesen tollen Spruch sollte dein lieber Palle dann auch mal lieber schön befolgen", findet Anders.

Unwillkürlich müssen wir lachen und packen schnell unsere Sachen zusammen.

Palle habe ich auf seinem Bett in unserem Viererzimmer einen Zettel hinterlassen.

Lieber Palle,
Anders und ich sind aufgebrochen und werden alleine weiterreisen.
Sei doch so lieb, und zahle die beiden Übernachtungen für unser gemeinsames Viererzimmer im Hostel.
Es kostet dich für die beiden Nächte für uns alle 400 Kronen.
Die Benzinkosten, Parkkosten, Kosten für die Fähre und für den exklusiven Brunch im Museum schenke ich dir.
Damit hast du bei dieser Reise finanziell immer noch einen verdammt guten Schnitt gemacht.
Aber du weißt ja, was für mich gilt: I am a giver, not a taker.
Viel Spaß mit deiner Merrit!
Katrine.

Die vermeintliche Assistentin

Johann erzählt.

Gleich am ersten Tag fiel sie mir auf.

Gleich am allerersten Tag, als ich als blutjunger Doktorand der Quantenphysik meine Arbeit am Lehrstuhl aufnahm.

Es lag nicht daran, dass sie irgendetwas Besonderes an sich gehabt hätte. Oh nein, das war es ganz bestimmt nicht. Im Gegenteil. Sie wirkte geradezu unspektakulär. Ihre schulterlangen, aschblonden Haare trug sie meist offen, dazu in der Regel dunkle Jeans und eine helle Bluse. Wenn ich das Gebäude unseres Forschungslabors betrat, saß sie stets am Empfang und lächelte mir zu. Eine nette Assistentin, eine freundliche Sekretärin, wie man sie überall antreffen kann.
„Guten Morgen", sagte sie jedes Mal freundlich und sah mich mit ihrem wachen Blick beinahe herausfordernd an.
„Morgen", brummelte ich zurück und machte mich schnell auf und davon ins Labor.
Abends verlief unser Wortwechsel sogar noch karger.
„Tschüss!", rief sie, während ich eilig das Gebäude verließ.
Unsere Blicke kreuzten sich dann kurz.
„Tschüss!", erwiderte ich und lächelte, falls ich die Zeit dazu fand.
Manchmal nickte ich ihr aber auch einfach nur schnell zu und verschwand.

„Guten Morgen" und „Tschüss!" waren die einzigen drei Worte, die wir miteinander wechselten. Dies taten wir dafür täglich, stets begleitet von dem obligatorischen Lächeln, das man der Höflichkeit halber aufsetzt, obwohl man sein Gegenüber eigentlich gar nicht kennt und nicht das Geringste darüber weiß, was in der anderen Person gerade vor sich geht.

Jana, so hieß sie, gehörte für mich zum Inventar.
Dass sie jeden Morgen freundlich lächelnd an ihrem Platz am Empfang saß, war für mich so selbstverständlich wie die Tatsache, dass die Quantenphysik nicht deterministisch ist. Sowohl die Quantenphysik als auch Jana waren selbstverständliche Bestandteile meines Alltags, sie gehörten einfach dazu - die nach außen hin so unspektakulär wirkende Jana und die wahnsinnig aufregende und zutiefst faszinierende Quantenphysik.
Trotzdem ließ Jana mich nicht ganz kalt. Denn obwohl sie unglaublich unspektakulär erschien, hatte Jana etwas Geheimnisvolles an sich. Sie strahlte so viel Würde aus, wie sie da am Empfang ihre einfachen Tätigkeiten mit größter Akribie verrichtete, dass ich mich fast schon ein wenig darüber wunderte. Aber eigentlich war es mir auch egal. Schließlich hatte Jana für mein Leben keine große Bedeutung, bis darauf, dass sie per Knopfdruck die Eingangstür für mich öffnete.

****

So nahm der Alltag seinen Lauf, Woche für Woche, Monat für Monat.
Bis sich eines Dienstagmorgens plötzlich alles änderte.
„Guten Morgen, Johann!", sagte Jana, als sie mich erblickte, wie immer mit ihrer fröhlichen, für die frühe Uhrzeit fast schon verstörend munteren Stimme.
„Morgen", brummelte ich vor mich hin und suchte in meiner Tasche nach meinem Laborschlüssel.
Die letzte Nacht hatte ich nur wenig geschlafen, weil ich mich spät abends noch an einem Experiment festgebissen hatte. Nur unterbewusst nahm ich wahr, dass heute etwas anders gelaufen war.
Guten Morgen, Johann.
Jana hatte meinen Vornamen gebraucht.
Mir war zuvor gar nicht bewusst gewesen, dass sie wusste, wie ich hieß. Aber eigentlich war das auch

normal und wieder einmal völlig unspektakulär, dass die Mitarbeiterin am Empfang meinen Namen wissen sollte. Total übermüdet schlurfte ich also an Jana vorbei.
„Johann, kann es sein, dass du gestern dein Buch im Hörsaal vergessen hast?", holte Jana mich plötzlich aus meinem Trance ähnlichen Zustand in die Welt der Realität zurück.
„Äh was?" Ich blieb stehen.
„Dein Buch hier, zu den Grundlagen der Quantenphysik. Du hast anscheinend gestern Vorlesung gehalten und das Buch danach im Hörsaal liegen gelassen. Ein Student hat es für dich bei mir abgegeben", erklärte Jana.
Wie zum Beweis hielt sie das Buch hoch, damit ich den Schriftzug mit dem Titel deutlich lesen konnte.
„Oh, ähem, ja, das stimmt, ich habe gestern 'ne Vorlesung gehalten", stotterte ich. Mit meiner Hand fuhr ich blind durch meine Tasche. Tatsächlich. Keine Spur von dem Buch!
„Doch, doch", sagte ich schließlich, „ich muss mein Buch anscheinend vergessen haben, das wird es dann wohl sein!"
„Das ist es definitiv!" Jana sah mich mit festem Blick an.
„Es steht dein Name vorne drauf", erklärte sie grinsend, als sie mein Erstaunen im Gesicht über ihre Selbstsicherheit bemerkte.
„Ah okay, vielen Dank! Ich hab mich schon gewundert, warum du dir so sicher warst", erwiderte ich und musste ebenfalls kurz lächeln.
„Was unterrichtest du denn gerade?", fragte Jana mich plötzlich.
„Einführung in die Quantenphysik, schau doch auf den Buchdeckel!", antwortete ich. Es klang etwas herablassender, als ich es beabsichtigt hatte.
Jana rümpfte die Nase.
„Es sind eh nur Bachelor-Studenten", fügte ich hinzu, wieder vielleicht eine Spur zu barsch. Aber ich wollte einfach nur schnell ins Labor kommen, um endlich mit meinem Experiment fortzufahren. Ich hatte nämlich um zehn Uhr einen dringenden Termin mit meinem

Doktorvater, der wissen wollte, wie es bei mir gerade so lief.
Doch Jana ließ nicht locker.
„Soso, du unterrichtest in Quantenphysik, ist schon klar", sagte sie spitz. „Und was da genau?"
Allmählich ging mir Jana mit ihrer insistierenden Art gewaltig auf die Nerven. Sie verstand doch eh nicht die Bohne von dem, was ich arbeitete! Wieso sollte ich mit ihr hier weiter meine Zeit verschwenden?
„Also, wenn du es genau wissen willst, wir haben uns mit der Quantenreflexion beschäftigt und hier nochmal detailliert mit der Van-der-Waals-Wechselwirkung und der Casimir-Wechselwirkung. Ist dir jetzt alles klar?", fragte ich entnervt zurück, in der Hoffnung, dass Jana mir keine weiteren Fragen stellen würde.
Sie überraschte mich jedoch noch mehr.
„Oh cool!", sagte sie begeistert.
„Oh cool?", wiederholte ich gestelzt. Jana wusste eh nicht, wovon ich sprach. Was hatte eine Assistentin am Empfang denn schon für Ahnung von Quantenphysik?!
Plötzlich lachte Jana.
„Na, das muss für deine Bachelor-Studenten ja ein großer Schock gewesen sein, sich so früh mit Phänomenen zu beschäftigen, die der Intuition der klassischen Physik widersprechen!", meinte sie schließlich schmunzelnd. „Dann habt ihr vorher bestimmt auch die WKB-Näherung durchgenommen?"
Es klang eher wie eine Feststellung als wie eine Frage.
„Ja, das haben wir", erwiderte ich verblüfft.
Neugierig starrte ich Jana an. Seit wann interessierten sich Empfangsassistentinnen für Quantenphysik?! Und das noch dazu mit solch einer Detailtiefe?
Eines stand fest: Ich hatte Jana gewaltig unterschätzt.
„Woher kennst du dich denn so gut damit aus?", fragte ich sie immer noch völlig überrascht.
„Och, ich fand das früher mal ganz spannend", antwortete Jana leise. Ihr Gesicht errötete leicht dabei, als ob ich sie bei etwas Verbotenem ertappt hätte. Jetzt war sie diejenige, die mir auswich.

„Hier ist dein Buch", sagte sie dann mit bestimmter Stimme, „du musst sicherlich schnell ins Labor, anstelle deine Zeit hier bei mir zu verschwenden!"
„Ja klar!" Ich war immer noch völlig baff.
Als Jana mir das Buch überreichte, berührten sich unsere Hände ganz kurz. Für einen Sekundenbruchteil fiel mir auf, dass ihre Handrücken knallrot waren. Total rot und wahnsinnig aufgeraut. An einigen Stellen waren kleine Narben und Mini-Wunden zu erkennen, wie sie entstehen, wenn die Hautoberfläche aufgrund von Trockenheit aufplatzt.
Okay, zugegeben, das war kein Sekundenbruchteil mehr. Mein Blick blieb regelrecht an Janas Händen haften. Und viel, viel länger als es mir selbst lieb war. Jana bemerkte anscheinend, dass ich ihre Hände intensiv musterte.
„Ich habe im Winter immer Probleme mit meiner trockenen Haut", bemerkte sie kurz.
„Natürlich, wer hat das nicht?", sagte ich aufmunternd und lächelte wieder.
Jana lächelte kurz zurück.
Es war ein warmes Lächeln. Auf ihrem Gesicht zeichneten sich zwei richtig süße Grübchen an der linken Wange ab, wenn sie mich so ansah. Eigentlich war sie bildhübsch. Und blitzgescheit. Beides war mir vorher nie so aufgefallen. Arme Jana, dass sie so empfindliche Haut haben musste!
Erst auf dem Weg ins Labor fiel mir ein, dass Jana eigentlich immer knallrote Hände hatte. Das ganze Jahr hindurch. Auch wenn es kein Winter war.

****

Vier Stunden später war das gefürchtete Gespräch mit meinem Doktorvater vorbei.

„Der Fortschritt deiner Arbeit ist mehr als zufriedenstellend, Johann", hatte er als Fazit konstatiert.

Mehr als zufriedenstellend mag nach dem Verbringen von unzähligen Nächten im Labor für die meisten

Menschen ziemlich ernüchternd klingen. Ich kenne meinen Doktorvater und seine unterkühlte Ausdrucksweise jedoch sehr gut.
Für ihn bedeutet solch eine bescheidene Äußerung ein Lob. Ja, es bedeutet, dass ich einen Quantensprung in meiner Arbeit vollbracht habe - wobei damit natürlich ein Quantensprung im umgangssprachlichen Sinne gemeint ist, nicht im physikalischen Sinne!
Für einen Physiker stellt ein Quantensprung schlicht und ergreifend einen Wechsel von einem diskreten Zustand in einen anderen dar, welcher noch so winzig sein mag. Umgangssprachlich wurde die Bedeutung des Quantensprungs jedoch komplett ins Gegenteil verdreht, so dass hiermit ein phänomenaler Fortschritt gemeint ist. Und genau den hatte mein Doktorvater wohl in meinen neuesten Forschungsergebnissen gesehen!

Sehr beschwingt ging ich nach diesem Treffen in die Mittagspause, als ich an Jana am Empfang vorbei kam. Wieder kreuzten sich unsere Blicke. Unvermittelt zwinkerte sie mir zu.
„Jana, magst Du mit mir in die Mittagspause zur Mensa gehen und dich ein wenig über Quantenphysik unterhalten?", fragte ich sie. „Wir können natürlich auch über etwas Anderes sprechen, was weniger abgefahren ist", fügte ich schnell hinzu, um nicht als völliger Nerd dazustehen.
„Ach, lass mal", winkte Jana ab. „Ich esse lieber hier ganz für mich allein."
„Ja, aber warum denn das?" Erstaunt sah ich sie an.
Sie blieb für mich eine Frau voller Rätsel!
Auf der einen Seite sprach sie mich morgens intensiv an und schien sich nach Kontakt und intellektuellem Austausch regelrecht zu sehnen. Andererseits kniff sie, sobald ich versuchte, sie ein einziges Mal mit in die Mensa zu nehmen.
„Ich esse nicht gerne dort, wo viele Menschen sind", erklärte Jana schließlich. „In der Mensa ist viel zu viel los. Zu viele Studenten, zu viel Hektik, zu viele Sinneseindrücke auf einmal!"

Verwundert starrte ich in ihre Augen. Dabei bemerkte ich fasziniert, dass sie gar nicht blau waren, wie ich immer dachte, sondern in einem changierten Grün schillerten. Unwillkürlich stellte ich fest, dass Jana mich immer mehr in ihren Bann zog, ihre abweisende Haltung verstärkte das sogar.

„Gut, also keine Mensa. Aber dafür vielleicht ein Treffen heute Abend nach der Arbeit? Wie wär's? Ich lade dich ein!"

„Och nee… ich… ich hab da schon was vor." Jana wand sich wie ein kleines Mädchen, das ein Geburtstagsgedicht aufsagen sollte.

„Okay, heute Abend also nicht. Wie wär's mit morgen Abend?" Ich ließ nicht locker.

„Nee, da geht es auch nicht. Da muss ich Wäsche waschen", sagte Jana gedehnt.

„Übermorgen Abend?", insistierte ich.

Jana seufzte. „Okay, dich werde ich wohl nicht so schnell los", stellte sie fest. Sie kratzte sich am Kinn.

„Mhm. Mhm. Beim Abendessen über Quantenphysik sprechen? Eigentlich klingt das sehr verlockend, ich habe es schon so lange nicht mehr getan", sagte sie schließlich, „doch das könnte man riskieren." Ein wenig klang es so, als spräche sie mit sich selbst und würde möglichst objektiv alle Vorzüge und Risiken der Entscheidung abwägen, mit mir abends auszugehen.

„Also gut, heute Abend, nach der Arbeit. Ich komme mit!", erklärte sie bestimmt. „Aber nur wenn wir in das Café Rosso in der Hauptstraße gehen."

„Warum denn unbedingt in das Café Rosso? Das ist doch total das alte-Leute-Café!", entfuhr es mir spontan. „Da gibt es hier in der Stadt weitaus trendigere Locations!"

„Du musst ja nicht mit mir ausgehen, wenn du nicht ins Café Rosso willst, dann eben nicht!", erwiderte Jana spitz.

„Okay, okay, meinetwegen gehen wir ins Café Rosso, wenn es denn unbedingt sein muss", gab ich mich geschlagen, „um 18 Uhr hole ich dich hier ab."

****

Die Kerzenflamme flackerte unstetig hin und her. Sie warf ein bezauberndes Licht auf Jana, die mir direkt gegenüber saß.
Der Kellner kredenzte Wein und stellte Weißbrot und Olivenöl bereit, mit dem wir unseren ersten Hunger stillen konnten, während wir auf das Essen warteten.
„Ich wusste gar nicht, dass sie im Café Rosso italienische Speisen servieren", erklärte ich überrascht.
Jana rümpfte die Nase.
„*Rosso* ist italienisch für *rot*, das hättest du eigentlich wissen müssen", meinte sie keck.
Wieder einmal starrte ich sie fasziniert an. Diese bildhübsche Frau konnte zuweilen schüchtern wirken und dann wieder so keck und selbstbestimmt sein. Wie passte das zusammen?
Ich nahm etwas Olivenöl und ließ es aus der Flasche auf einen leeren Teller tropfen.
„Darin können wir vorab etwas Brot tunken", schlug ich vor, „das schmeckt absolut köstlich!"
„Das ist sehr aufmerksam von dir, aber nein danke", sagte Jana höflich.
Verstohlen schielte sie auf das Besteck, das sorgfältig neben ihrem Teller angeordnet war. Sie ergriff ihre Serviette und putzte ihre ohnehin bereits blitzblanke Gabel dreimal daran ab. Mit Messer und Löffel wiederholte sie diese Prozedur. Ich zählte mit. Wieder waren es genau drei Mal.
Wie ertappt lächelte Jana, als sie zu mir aufsah. Dabei wirkte sie so unschuldig und fast wie ein kleines Schulmädchen.
„Entschuldigung", sagte sie, „das ist so ein Spleen von mir. Es muss immer alles blitzblank sauber sein, wenn ich auswärts essen gehe. Eigentlich gehe ich kaum aus, weißt du. Dieses Café ist eines der wenigen, in die ich mich traue, weil es so gepflegt und sauber wirkt."
„Ist schon in Ordnung, kein Thema", winkte ich ab.
Viele Männer hätten an diesem Punkt das Date vermutlich längst abgebrochen. Aber Jana faszinierte mich immer mehr. Unwillkürlich spürte ich das Bedürfnis, sie zu berühren, sie näher kennenzulernen.

Denn dass sich unter dieser unsicheren, aufs Penible bedachte Oberfläche ein hochsensibler, intelligenter und gutherziger Mensch befand, dessen war ich mir ganz sicher. Wenn auch aus völlig unerfindlichen Gründen...

„Du bist doch Quantenphysiker, Johann", riss Jana mich aus meinen Gedanken, „geht es dir auch so, dass du dabei manchmal fast ins Philosophische abdriftest? Empfindest du dich auch als ganz klein, wenn du an die Grenzen der eigenen Wahrnehmung stößt und trotz der Anwendung hoher Mathematik keine Antworten auf deine vielen Fragen finden kannst? Ich meine, wie stehst du zum Beispiel zum Materie-Geist-Dualismus? Siehst du das als komplett getrennt an, oder glaubst du, dass Geist und Materie eine Einheit bilden?"

„Wow, du stellst vielleicht Fragen - und das auf nüchternem Magen, bevor wir unser Abendessen bekommen haben!", erwiderte ich etwas verdutzt und sehr anerkennend zugleich. „Diese Frage haben sich ja schon die antiken Philosophen gestellt..."

Und im Nu begann zwischen Jana und mir die schönste philosophische Diskussion, in die ich seit Jahren verstrickt worden war. Jana schien sehr belesen zu sein. Ihre Argumentation war bestechend klar und scharf. Jedem meiner Argumente hörte sie aufmerksam zu, bevor sie sie sachlich widerlegte, wenn sie anderer Meinung war.

„Am meisten beschäftigt mich immer noch die Frage des freien Willens", seufzte sie, während sie mit ihrer blitzblanken Gabel eine Rigatoni aufspießte, um diese genüsslich zu verspeisen.

Jana und ich sahen uns an.

Plötzlich prustete sie los.

„Das ist sowas von abgefahren! Ich kenne wirklich niemanden, der so krasse Gespräche führt wie wir!", sagte sie kichernd.

„Und ich kenne niemanden, der gleichzeitig so viel Spaß dabei hat!", fügte ich hinzu.

Völlig grundlos lachten wir, bis uns die Tränen kamen.

„Bestimmt ist dies das eigenartigste Date deines Lebens, oder?", fragte ich Jana.

„Nun ja, es gibt nicht sehr viele Männer, die mich zu einem Plausch über Quantenphysik oder Philosophie einladen", erklärte sie schmunzelnd, „die meisten gehen ja davon, dass sich eine Sekretärin nicht für solche Themen interessiert. Die denken, ich lese den ganzen Tag über nur inhaltslose Frauenzeitschriften. Ein totales Vorurteil!"
Auf einmal sah sie mich ernsthaft an.
„Unser Treffen ist aber kein Date, Johann. Nur dass das klar ist!", sagte sie plötzlich sehr streng.
„Aber wieso das denn nicht? Wir verstehen uns doch super, findest du nicht?", erkundigte ich mich verdutzt.
Gegen meinen Willen fühlte ich mich seltsam berührt, wenn nicht sogar ein wenig verletzt.
„Es ist ganz einfach, Johann, es geht nicht!", erklärte Jana entschieden und in einem Ton, der keinen Widerspruch dudelte. Ihr freundlicher Blick war verschwunden, ebenso die beiden Grübchen, die gerade noch beim Lachen ihre Wange zierten. Mit völlig leerem und resigniertem Gesichtsausdruck starrte sie auf ihren Teller mit den Rigatoni in Tomatensoße.
Ich musste schwer schlucken.
Wieso war die eben noch so lustige und unbeschwerte Jana mit einem Mal so eiskalt und abweisend zu mir?
Als sich unsere Blicke plötzlich kreuzten, sah ich, dass ihr Tränen in den Augen standen.
„Ach, Johann, es liegt nicht an dir, du hast überhaupt nichts falsch gemacht. Es liegt an mir, nur an mir", murmelte Jana mit einem fast verzweifelten Ton in ihrer Stimme. Sie zitterte richtig.
Vorsichtig ergriff ich ihre linke Hand, die komplett rot und aufgeraut war. Erst wollte Jana sie instinktiv wegziehen, aber ich hielt ihre Hand fest. So fest, dass Jana mir nicht entkommen konnte.
„Jana, was ist denn? Ich verstehe nicht…", murmelte ich heiser.
Meine Stimme brach fest weg…
„Johann, falls du es noch nicht gemerkt hast. Ich bin krank. Ich leider unter einer schweren Zwangsstörung, einem Waschzwang. Während meiner Promotion in

theoretischer Quantenphysik musste ich irre viel rechnen und ständig jede Gleichung kontrollieren..."
„Wie bitte? Du hast in theoretischer Quantenphysik promoviert? Wieso hast du das denn nie gesagt?" Vor Überraschung klappte mir fast die Kinnlade herunter.
Jana ging nicht weiter darauf ein.
„Weil es unwichtig ist. Na ja, und irgendwann sind mir die Kontrollrituale zur Überprüfung meiner Gleichungen entglitten und in meinen kompletten Alltag übergeschwappt", fuhr sie unbeirrt fort, „ich fing an, alles zu kontrollieren: Ob mein Gasherd aus ist, ob die Tür abgeschlossen ist, ob die Fenster zu sind... und dann kam diese Angst vor Keimen und der Waschzwang hinzu."
„Und du musst immer alles dreimal reinigen und kontrollieren?", fragte ich mitfühlend.
„Dreimal?!" Jana zog verdutzt die Augenbrauen hoch. „Wie kommst du darauf?"
„Ich habe es vorhin bei der Reinigung deines Bestecks mitbekommen. Ich wollte dich nicht beobachten, aber es fiel mir auf", erklärte ich schnell.
„Ich habe meine Promotion zwar mit summa cum laude abgeschlossen", erzählte Jana weiter, „aber danach war es so schlimm, dass ich in Therapie musste. Erst führte ich jedes Ritual dreimal aus, das ging noch, dann 3 hoch 3 Mal - also 27 Mal - es wurde einfach immer mehr und verschlang irre viel Zeit. Jetzt ist es zwar einigermaßen erträglich, aber jeder Tag ist nach wie vor ein einziger Kampf. Nach außen hin funktioniere ich, aber es kostet mich irre viel Kraft, und ich brauche wahnsinnig viel Schlaf. Es ist sehr ermüdend, ständig gegen diese Rituale und Gedanken, die in meinem Kopf herumspuken, anzukämpfen, verstehst du? Auch wenn ich weiß, dass es total bescheuert ist! Ich leide sehr darunter! Deswegen habe ich diesen stark reglementierten Job als Assistentin, wo nichts Unerwartetes passiert, was mich zusätzlich belasten könnte. Der Preis für meinen Doktortitel war einfach viel zu hoch! Jetzt denkst du bestimmt, ich bin verrückt, oder?"

Jana sah mich traurig an. Eine Träne kullerte über ihre linke Wange.

„Johann, lass uns einfach Bekannte bleiben und diesen Abend vergessen. Ich bin dir nicht böse, wenn du lieber gleich nach Hause möchtest! So eine Zwangsstörung ist mega-unattraktiv, das weiß ich selbst! Ich möchte keinen Partner damit belasten!"

Ich musste schwer schlucken.

Es war wirklich verrückt! Jana sprach so objektiv und abgeklärt über ihre Störung, als ob sie von außen alles rational einschätzen konnte. Und gleichzeitig schien sie gefangen in ihren Ritualen, gegen die sie jeden Tag erneut kämpfen musste. Doch was sollte ich tun?

Wahrscheinlich würde spätestens jetzt jeder Mann die Kurve kratzen und diese Frau für immer abhaken. Aber ich konnte es nicht. Jana wirkte so reflektiert, wie sie über alles urteilte. Und sie war durch diese blöde Störung ja auch nicht weniger intelligent oder weniger liebenswert... sie wirkte einfach nur zart und verletzlich auf mich.

„Jana, ich gehe nicht weg! Und du bist bestimmt nicht verrückter, als ich es bin!", sagte ich daher sehr bestimmt, während ich immer noch ihre Hand hielt. „Und du bist dadurch gewiss nicht weniger attraktiv für mich! Kämpfst du denn nach wie vor gegen die Störung an?"

„Ach, Johann, ich kämpfe jeden Tag wie eine Löwin", seufzte Jana, „aber nach der Therapie hatte ich einen starken Rückfall und versuche mich da jetzt wieder selbst herauszuholen. Seit fünf Jahren habe ich schon damit zu tun. Das ist eine lange Zeit! Für Außenstehende sind Zwangsrituale überhaupt nicht nachzuvollziehen!"

Ich überlegte kurz und schüttelte den Kopf.

„Vielleicht aber doch", murmelte ich schließlich, „als Kind durfte ich nie auf die Kanten von großen Fliesen oder von Bürgersteigen treten. Und ich hatte ein spezielles Ritual, wie ich meine Stifte vor jeder Matheklausur auf meinem Schultisch platziert habe. Immer, wenn ich dieses Ritual nicht einhielt, glaubte ich, ich würde durchfallen. Das ist natürlich nie passiert,

aber ich habe auch nie die Stärke aufgebracht, die Anordnung meiner Stifte zu ändern."
Jana musste plötzlich kichern.
„Dann warst du als Kind auch ein bisschen verrückt!"
„Aber es hat mich nie belastet oder mein Leben völlig in Beschlag genommen", ergänzte ich nachdenklich.
Jana nickte. „Und das ist der gravierende Unterschied! Ein bisschen Kontrollzwänge oder Aberglaube hat bestimmt jeder. Bei mir ist es halt nur sehr stark ausgeufert. Am schlimmsten ist es, wenn ich sehr viel Stress habe, kaum schlafe und mich überlastet fühle. Wie eben bei meiner Doktorarbeit."
„Aber wieso schließt du es komplett aus, dass ein Mann an dir interessiert sein könnte? Du bist doch trotzdem eine tolle Frau!"
„Ich habe mich bisher nie getraut, es jemandem zu sagen. Sobald ein Mann mir zu nahe kommt, weise ich ihn einfach ab. Ich habe viel zu viel Angst, ihn in meine Welt zu lassen und ihm davon zu erzählen", erwiderte Jana leise.
„Aber mir hast du es doch erzählt", widersprach ich stockend.
„Ja... ich... ich weiß auch nicht warum. Du bist der Erste, bei dem ich das Gefühl hatte, es gleich sagen zu können. Vielleicht war es ein Fehler." Jana strich sich ihre aschblonden Haare aus dem Gesicht. Sie sah wunderschön aus.
„Jana?", sagte ich zögerlich.
„Jaaa." Sie lächelte mich an. Obwohl ihr Tränen in den Augen standen, sah sie irgendwie erleichtert aus.
„Jana, wenn du nicht an mir interessiert bist, ist das völlig in Ordnung. Aber falls du mich auch magst", ich räusperte mich, „also, falls du mich magst, wäre diese blöde Zwangsstörung niemals ein Grund für mich, dass wir nicht zusammen sein können - oder uns wenigstens besser kennenlernen. Denn dann würde dieser Zwang dich doch nur besiegen!"
Jana reagierte nicht. Sie schaute angestrengt zum Nachbartisch, an dem ein Pärchen sich verliebt in die Augen blickte. Dann neigte sie ihren Kopf zur Seite und sah mich intensiv an.

„Und du würdest es trotzdem versuchen?", flüsterte sie.
„Ja, klar." Ich nickte und streichelte ihre Hand.
„Ach, Johann", seufzte Jana, „ich bin schon ganz lange verknallt in dich. Eigentlich schon, seitdem ich dich zum ersten Mal im Institut gesehen habe. Ich habe nur nie gedacht, dass du an mir Interesse haben könntest."
„Habe ich aber. Also, lass es uns versuchen?", fragte ich sanft.
Jana saß nur da und lächelte. Dabei wirkte sie etwas verlegen. Ich fand sie richtig süß, wie sie so da saß und spürte eine warme Welle der Zuneigung in mir aufsteigen. Am liebsten wollte ich Jana in den Arm nehmen, ihr über den Kopf streicheln… und sie küssen.

Zehn Minuten später sitzen wir in genau diesem Moment immer noch so da.
Es kommt mir wie eine halbe Ewigkeit vor, in der ich alle Geschehnisse Revue passieren ließ.

Da lässt Jana plötzlich meine Hand los und greift nach ihrem Weinglas.
Sie greift nach ihrem Weinglas und kommt dabei mit ihrem Arm zufällig gegen ihre Gabel, die nur halb auf dem Teller liegt. Ein helles Geräusch ist zu hören, als die Gabel zu Boden fällt.
Jana hebt sie sofort auf.
Erst zögert sie und überlegt wahrscheinlich, ob sie den Kellner um eine neue Gabel bitten soll. Doch dann geschieht das Erstaunliche. Ohne die Gabel auch nur mit der Serviette zu reinigen, spießt Jana eine weitere Rigatoni einfach mit ihr auf und führt diese direkt in ihren Mund.
„Scheiß auf die Zwangsstörung", murmelt sie dabei, „lass es uns versuchen, Johann! Ich würde es sonst für immer bereuen!"
Jana kaut lange auf ihrer Rigatoni herum, die inzwischen bestimmt schon ganz kalt ist.
Der Blick von Jana ist jedoch sehr warm.
Denn Jana strahlt.
Sie strahlt so sehr, dass in ihrem Gesicht sogar noch ein drittes Grübchen auftaucht, das mir noch nie zuvor

aufgefallen ist. Vielleicht ist die Drei doch meine Glückszahl.
Und ich strahle auch. Über beide Backen.
Ich fühle mich, als ob ein Sommerregen meinen ganzen Körper durchrieselt.
So glücklich bin ich.
Denn Jana ist die Richtige für mich. Aus unerfindlichen Gründen weiß ich das einfach.
„Jana, ich bin so glücklich!", flüstere ich nur noch.
Jana ergreift meine Hand und drückt sie ganz fest.
Uns wird auch keine Zwangsstörung auseinander bringen, davon bin ich überzeugt.

Wir sind im Hier und Jetzt angekommen.

Der vermeintliche Weltverbesserer

Geburtstag zu haben ist eine tolle Sache. Du bekommst tausend Anrufe, wirst massenhaft mit Geschenken überflutet, deine Familie und alle deine Freunde denken an dich...
Ja, dieser Tag ist einfach sensationell!
Auch für Angelika stand fest: Ihr 49. Geburtstag, das würde ein phänomenaler Tag werden, ganz bestimmt!
Schon drei Wochen vorher begann Angelika wie wild zu planen. Denn diese Geburtstagsfeier musste total ausgefallen sein! Von wegen schnöde Salate und langweiliger Rollbraten.
Nein, dieses Mal musste das Buffet so überwältigend sein, dass all ihren Freunden vor Begeisterung die Augen aus dem Kopf fallen würden – letzteres ist natürlich nicht wortwörtlich gemeint. Also rief Angelika umgehend sämtliche Catering-Firmen in der Umgebung an. Das Abendessen sollte schließlich etwas hermachen.
Nach 29 Telefonaten wurde sie endlich fündig: Sie kombinierte die Angebote von zwei verschiedenen Catering-Firmen, um so mit einem einmaligen asiatisch-mediterranen Buffet mit afrikanischem Touch ihre Gäste zu verzaubern.

****

Genau drei Wochen vor ihrem Geburtstag verschickte Angelika die Einladungen an ihre Freunde. Jede Einladung bestand aus einer eigens gebastelten Karte, die Angelika mit viel Freude und Liebe hergestellt hatte. Die Karte sah mindestens genauso bezaubernd aus wie Angelikas geplantes asiatisch-mediterran-afrikanisches Buffet: Eine perfekte Collage aus chinesischen, afrikanischen und italienischen Ornamenten schmückte die hübsche Vorderseite.

Es war so eine Einladung, bei der man gar nicht nein sagen konnte. Schon alleine der aufwendigen Karte wegen nicht.

Angelika war im Begriff, überglücklich aus dem Postamt zu stürmen, als ihr Handy plötzlich klingelte.
„Hallo, Mausi! Ich bin's, der Paul", meldete sich ihr Langzeit-Freund am Apparat.
„Hallo Paul!", sagte Angelika hoch begeistert. „Weißt du, wo ich gerade bin? Bei der Post! Ich habe soeben meine Geburtseinladungen verschickt!"
„Das ist schön", erwiderte Paul mit angenehm säuselnder Stimme, „bleibst du ein wenig länger in der Stadt? Dann können wir uns doch beim Thailänder zum Essen treffen!"
„Oh ja, sehr gern!", antwortete Angelika noch begeisterter als vorher. „Dann treffen wir uns in einer halben Stunde dort!"
Angelika konnte ihr Glück kaum fassen: Die Einladungen waren alle verschickt, das Catering für ihr Fest bereits organisiert – und nun lud ihr Liebster Paul sie also auch noch zum asiatischen Essen ein!
Oh ja, dieser Tag war fast zu schön, um wahr zu sein, und dabei hatte sie heute nicht mal Geburtstag!

Eine halbe Stunde später saßen Angelika und Paul sich bei romantischem Kerzenlicht beim Thailänder gegenüber.
Paul sah Angelika schmachtend an und lächelte zwischendurch unsicher. Nervös spielte er mit seinem Besteck. Jedenfalls drehte er unentwegt seinen Dessertlöffel hin und her.
Angelika hatte schon länger mit dem Gedanken gespielt, ob Paul ihr bald einen Antrag machen würde. War es jetzt vielleicht so weit? Jetzt, heute, genau hier an diesem Abend? Möglichst unauffällig schielte Angelika zu Paul herüber, der immer noch unaufhörlich den Dessertlöffel hin- und herdrehte.
Paul schaute zu ihr auf.
„Mausi, ich muss dich etwas fragen", sagte er schließlich, „etwas sehr Wichtiges."

„Wirklich? Oh Paul, ich höre", erwiderte Angelika möglichst ruhig. Gleichzeitig konnte sie nicht verhindern, dass ihr das Herz bis zum Hals schlug. Wow! Endlich war es soweit!
Jetzt würde Paul ihr einen Antrag machen. Noch vor ihrem 49. Geburtstag.
„Also, mhm, ich weiß gar nicht, wie ich dich das fragen soll", druckste Paul unsicher herum.
Er sah richtig süß dabei aus, fand Angelika.
„Was es auch ist, Schatz, mich kannst du doch alles fragen", machte Angelika ihrem Liebsten Mut.
„Also gut", sagte Paul nun mit fester Stimme, „Angelika, ach, meine liebste, süße Angelika... wie soll ich dich das bloß fragen? Würde es dir etwas ausmachen, deine Geburtstagsparty dieses Jahr ausfallen zu lassen? Mein Naturschutzclub hat nämlich genau für diesen Tag eine Demonstration zur Rettung der Schweinswale geplant?"
„Waaaaas?" Angelika sah Paul fassungslos an. „Das ist nicht dein Ernst! Ich habe vorhin schon alle Einladungen verschickt!"
„Es wird zu deiner Party eh kaum jemand kommen", meinte Paul sichtlich unbeeindruckt, „in deinem Kollegium hast du kaum Freunde. Da lädst du eh nur die Annemarie ein. Und von unseren gemeinsamen Freunden sind schließlich alle im Naturschutzclub! Die werden natürlich alle mit zum Demonstrieren gehen!"
„Paul, ich glaub' es nicht!" Angelika japste nach Luft.
„Ja, ich glaub' es auch nicht", sagte Paul empört, „da stellen die in der Mitte der Nordsee so einen unsinnigen Offshore-Windpark auf! Und durch den Baulärm werden die armen, hörempfindlichen Schweinswale vertrieben!"
„Nein, Paul, ich glaube es nicht, dass du meinen Geburtstag wegen deiner blöden Demo sausen lassen willst!", entgegnete Angelika mit heiserer Stimme. Sie spürte eine Welle von Traurigkeit in sich aufsteigen, schluckte die Tränen aber tapfer herunter.
Paul sah sie nachdenklich an.
„Angelika, jetzt bleib doch bitte mal sachlich", appellierte er an ihre Vernunft, „wenn die armen

Schweinswale Hörschädigungen kriegen, sind die nicht mehr überlebensfähig. Jede Minute zählt für den Erfolg der subversiven Aktion. Wie willst du da bitteschön guten Gewissens deinen Geburtstag feiern? Und dann noch mit diesem kapitalistischen Catering-Essen! Aber ja, ja, Hauptsache dir geht es gut, wen schert es da schon, wenn Populationen von Schweinswalen eingehen! Echt, Angelika, ich hätte da wirklich mehr Verständnis von dir erwartet!"

„Aber darum geht es doch gar nicht!", widersprach Angelika kleinlaut. „Warum hast du mir von der Demonstration nicht eher etwas gesagt? Dann hätte ich meinen Geburtstag noch verschieben können? Ich fühle mich so blöd, jetzt alles abzusagen!"

„Es wird eh niemand zu deiner Party kommen", behauptete Paul fest.

„Das werden wir ja sehen", entgegnete Angelika.

****

Die Zeit verstrich, und es waren nur noch wenige Tage bis zu Angelikas Geburtstagsfest.

Trotz Pauls düsterer Prognose, was die Zusagen zu Angelikas Party betraf, wurde sie angenehm überrascht. Es wimmelte nämlich nur so von Zusagen!

„Ach, Angelika, weißt du, am Tag deiner Feier ist doch die Schweinswal-Demonstration! Aber die geht ja nur bis drei Uhr nachmittags. Bis zu deiner Feier abends sind wir bestimmt schon wieder mit dem Zug zu Hause angekommen. Wir schauen dann gerne bei dir vorbei!", lautete der Standard-Zusage-Text von Angelikas und Pauls Naturschutzfreunden.

Zuweilen war auch subtile Kritik zu vernehmen.
„Was? Du feierst genau an dem Tag der Demo Geburtstag? Du hast Nerven! Die armen Schweinswale! Aber daran merkt man gleich, dass du keine richtige Aktivistin bist, sonst würdest du schließlich mitmarschieren! Wie gut, dass wenigstens dein Paul so gewissenhaft ist!"

Von den kleinen Seitenhieben einmal abgesehen war Angelika überglücklich, dass die Naturschützer nach der Demo also doch vorbei kommen würden.
Lediglich Angelikas Kollegin Annemarie musste absagen. Und das nicht wegen irgendeiner Anti-Kapitalismus-Demonstration, sondern weil sie schlicht und ergreifend die Grippe hatte.

****

Am 1. April war es dann soweit. *Der große Tag.*

Nein, es war kein Tag für irgendeinen Aprilscherz oder für sonst irgendwelche Belustigungen.

Es war der große Tag.
Der große Tage der Anti-Offshore-Pro-Schweinswal-Demonstration.

Ach ja und – oh, pardon – fast könnte man es vergessen: Es war natürlich auch Angelikas Geburtstag.
Paul und den Naturschutzfreunden ging es mit dem Vergessen natürlich nicht viel anders.... wer denkt auch schon an einen banalen Geburtstag, wenn es gerade darum geht, Schweinswale vor akustischen Störungen zu schützen?!
„Hoppla, heute ist ja dein Geburtstag! Das habe ich wegen all des Trubels glatt vergessen!", rief Paul spontan am Morgen des 1. Aprils aus, als Angelikas Eltern anriefen, um ihrer Tochter herzlich zu gratulieren.

„Ein Geschenk habe ich natürlich nicht. Für die Demo musste ich so viel vorbereiten, die ganzen Banner und Flugblätter und so... da wirst du es ja verstehen, dass ich keine Zeit hatte, dir etwas zu kaufen", meinte Paul und gab seiner Angelika einen dicken Kuss. Diese nickte nur stumm und sah aus wie eine Kuh wenn's donnert. Ihr Geburtstag schien zum reinen Desaster zu mutieren!
„Aber das macht ja auch nichts, mit Geschenken hätten wir eh nur den Kapitalismus unterstützt!", erklärte Paul

seiner Angelika ausgesprochen logisch. „Mein Geschenk für dich ist, dass ich heute etwas für unsere Umwelt tue. Die Rettung der Schweinswale. Ein kostbares, unbezahlbares Gut!"
Angelika nickte abermals.
Obwohl ideologisch unkorrekt konnte sie es nicht verhindern, dass sie sich insgeheim doch ein materielles Geschenk von Paul gewünscht hätte.
Ein klitzekleines Geschenk zumindest.
Vielleicht eine dieser ökologisch verträglichen Decken aus Hanf, die so hübsch bemalt waren.

****

Nachdem Paul die Wohnung verlassen hatte, um mit seinen Naturschutzfreunden zur Demo aufzubrechen, kam Angelika zum Glück nicht groß zum Nachdenken. Schließlich musste sie ihr Wohnzimmer blitzschnell in einen asiatisch-mediterranen Partyraum mit afrikanischem *Touch* verwandeln.
Überall hing sie an den Wänden eigens gebastelte Ornamente aus Papier auf. Dazwischen befestigte sie Banner mit der Aufschrift „Herzlichen Glückwunsch" in Italienisch, Griechisch, Chinesisch, Japanisch, Malaysisch, Thailändisch, Afrikaans und Swahili. Die Dekoration und das Ambiente mussten schließlich perfekt sein! Diese originelle Mischung würde sicherlich auch ihren alternativen Naturschutzfreunden gut gefallen.
Um Punkt fünf Uhr nachmittags lieferten wie geplant die beiden Catering-Firmen das Essen.
Angelika richtete die Party-Happen sehr hübsch an und stellte alle nötigen Zutaten zum Mixen eines Cocktails bereit. Original afrikanisch, versteht sich.
Das Buffet sah wirklich schmackhaft aus und stellte sowohl optisch als auch kulinarisch eine absolute Entdeckung dar.
Binnen kürzester Zeit breitete sich die zauberhafte Mischung aus afrikanischen, mediterranen und asiatischen Essensdüften in der Wohnung aus. Angelika legte die passende Musik auf... und, ja, zweifelsohne...

das Ambiente und das ganze Drumherum waren in der Tat perfekt!
Das Einzige, was ausblieb, waren die Gäste.

Angelika schaute auf die Uhr.
Fünf nach sieben.
Halb acht.
Fünf nach acht...

Sie versuchte, Paul auf seinem Smartphone zu erreichen. Aber so smart war sein Smartphone eben doch nicht. Paul ging jedenfalls nicht ran.
Auch sonst rührte sich niemand von ihren Naturschutzfreunden. Noch nicht einmal zum Gratulieren hatte bisher jemand angerufen. Die Schweinswal-Rettung hielt ihre Gäste wohl voll auf Trapp. Lediglich ihre beste Freundin Annemarie hatte Angelika mit heiserer Joe Cocker-Stimme telefonisch zum Geburtstag gratuliert.

Mist, jetzt war es schon halb neun!
Immer noch keine Regung.

Angelika wurde unruhig.
War während der Demo womöglich etwas Schlimmes passiert und den Demonstranten etwas zugestoßen?
Instinktiv schaltete Angelika das Fernsehgerät ein.
Ah, wunderbar!
In einem der dritten Lokalprogramme gab es eine Live-Übertragung zu der Schweinswal-Demo. „Die Demonstration ist absolut friedlich verlaufen", beantwortete der Fernsehkommentator unaufgefordert Angelikas Frage, „der Bau des Offshore-Windparks wird vorübergehend gestoppt, bis eine Lösung für Schall isolierende Maßnahmen gefunden worden ist. Die Demonstranten feiern gerade fröhlich. Die ausgelassene Party dürfte bis weit nach Mitternacht gehen – und das zu Recht!"
Fröhlich grinste der Fernsehreporter in die Kamera und strahlte Angelika geradezu ins Gesicht. Noch fröhlicher als dieser Reporter sah jedoch der Mann daneben aus,

der soeben einen großen Schluck aus einer Flasche Champagner nahm.
Kapitalistischer Champagner, auch das noch!
Als der Mann im Fernsehbild die Champagnerflasche absetzte und glücklich in die Kamera winkte, stutzte Angelika jedoch.
Denn dieser Champagner-Party-Mann, das war ihr Paul! Und um ihn herum grinsten seine ganzen Naturschutzfreunde – oder besser gesagt, Angelikas Partygäste – beschwipst in das Objektiv der Fernsehkamera.
Angelika begann sofort zu weinen.
Sie weinte so sehr wie ein Schlosshündin.
Oh ja, und sie weinte mindestens genauso laut und heftig, wie es sonst die Schweinswale tun, wenn gerade kein Offshore-Windpark deplatziert in ihrer Nähe steht.
Das sollte ihr Geburtstag sein?
Angelika konnte es kaum fassen.
Verzweifelt sah sie sich in der Wohnung um. Das mühevoll aufgebaute Buffet, die hübsche Dekoration an der Wand – die ganze Wohnung wartete nur darauf, endlich von Gästen gefüllt zu werden!
Oh nein! Angelika hielt es keine Minute länger aus.
Hier durfte sie einfach nicht bleiben.
Nein, hier *konnte* sie einfach nicht bleiben!
Ohne lange zu überlegen, warf sie sich ihren Anorak über die Schulter und lief hinaus in die Nacht. Sie rannte ihre Straße entlang, sie rannte über die Brücke...
... sie rannte so weit ihre Füße sie trugen bis in die Innenstadt ihres kleinen Kaffs hinein.
Vor dem einzigen Café machte sie halt.
Nach kurzem Zögern öffnete sie die Tür.
In dem Café saßen nur junge Leute.
Viel, viel jünger als Angelika selbst.
Die ältesten Café-Besucher waren hier maximal so um die Dreißig. Durch diese Feststellung fühlte sich Angelika gleich noch viel älter. Ihr 49. Geburtstag, was für ein bescheuerter Tag! Da kam die Kellnerin auf sie zu. Eine junge Frau mit langem blonden Pferdeschwanz. Garantiert nicht älter als 25.
„Sie wollen hier etwas trinken?", fragte sie unwirsch.

Angelika nickte bescheiden.
„Tut uns leid", sagte die blonde Pferdeschwanz-Dame sofort, „Sie sehen ja, alles ist besetzt! Und ich glaube kaum, dass es passend wäre, wenn Sie sich hier irgendwo dazu gesellen würden. Sie verstehen, was ich meine, oder?"
Es schossen noch mehr Tränen in Angelikas Augen.
Jetzt fühlte sie sich nicht länger nur alt und einsam. Nein, jetzt fühlte sie sich alt, einsam und ausgegrenzt! Gerade als sie auf ihrem Absatz kehrt machen wollte, um das Café zu verlassen, hörte sie eine wohlklingende männliche Stimme hinter sich: „Moment mal, bitte, warten Sie!"
Erstaunt drehte Angelika sich um.
Vor ihr stand ein gut aussehender, junger Mann so um die Mitte dreißig. Garantiert der Zweitälteste in diesem Café, direkt nach ihr.
„Sie suchen einen Sitzplatz? Ich bin alleine hier, bei mir am Tisch wäre noch was frei!", sagte der Mann.
Angelika glaubte ihren Ohren nicht zu trauen. Der blonden Pferdeschwanz-Kellnerin ging es wohl genauso. Jedenfalls schaute die alles andere als begeistert drein.
„Ja, also, wenn es Ihnen nichts ausmacht, würde ich mich gerne zu Ihnen setzen", meinte Angelika schließlich. Nach Hause in ihr perfektes Party-Heim zu gehen, schien ihr nämlich die eindeutig schlechtere Alternative.
„Ich bin übrigens der Klaus", stellte der junge Mann sich vor.
„Aha, und ich bin die Angelika", erwiderte Angelika nicht gerade kreativ.
Dafür war sie aber auch zu sehr damit beschäftigt, Klaus anzustarren. Noch immer wollte es ihr nicht einleuchten, dass dieser attraktive junge Mann sie soeben zu sich an den Tisch gebeten hatte.
„Heute ist ein großer Tag", fing dieser Klaus ein Gespräch an, „ich war bei einer Demonstration gegen ein Offshore-Windpark-Projekt. Zur Rettung der Schweinswale, wissen Sie."
„Ja, ich weiß", antwortete Angelika.

„Ach ja?" Überrascht sah der junge Mann sie an. Dann fasste er sich an die Stirn. „Ach, aus den Nachrichten, klar, ich Blödmann! Na ja, die Demonstranten machen da draußen jetzt noch Party, aber ich bin lieber mit dem Zug nach Hause gefahren."

„Klingt vernünftig", fand Angelika und konnte es nicht verhindern, dass Klaus' Bemerkung ihr einen leichten Stich versetzte.

Aha. Es gab also auch Naturschützer, die nicht bis in alle Puppen Party machten. Und dabei hatte dieser Klaus garantiert keine Freundin zu Hause sitzen, die heute ihren Geburtstag mit ihm feiern wollte.

„Warum sind Sie denn so schweigsam? Viel reden tun Sie nicht, oder?", fragte Klaus nach einer Weile.

„Ach, wissen Sie, ich habe heute Geburtstag und..." Noch ehe Angelika ihren Satz beenden konnte, rief Klaus aufgeregt nach der Kellnerin.

Die blonde Pferdeschwanz-Dame kam sofort angaloppiert.

„Ja, bitte. Was darf's sein?"

„Wir möchten zwei Glas Champagner, ganz schnell! Angelika, meine Tischnachbarin, hat heute Geburtstag! Mensch, so was muss gefeiert werden! Ich kann Sie doch hier nicht mit so einem traurigen Gesicht sitzen lassen, Angelika! Heute wird ordentlich auf den Putz gehauen!"

Unwillkürlich musste Angelika grinsen.

Das war die erste gute Botschaft an diesem Tag.

Außer der Rettung der Schweinswale natürlich. Diese Neuigkeit war phänomenal und unschlagbar.

Trotzdem.

Klaus war der erste Mensch an diesem Tag, den Angelikas Geburtstag interessierte. Und das, obwohl er sich für die Rettung der Schweinswale engagierte!

Nach drei Glas Champagner wurde aus Angelikas Grinsen an diesem Abend ein lautes und unbeschwertes Lachen.

Was sie zu diesem Zeitpunkt noch nicht wusste: Klaus war ihr größtes Geschenk an diesem Geburtstag überhaupt. Nicht nur hatte er sie zum Lachen gebracht.

Nein, zwei Jahre später würde er sie an genau diesem Tag heiraten. Mit einem großen und ausgelassenen Fest in asiatisch-mediterranem Ambiente mit afrikanischem Touch.

****

Jetzt fragen Sie natürlich: Und das soll alles gewesen sein? Was ist mit dem Naturschutz, den Schweinswalen, dem Rotmilan und den vielen armen anderen Tieren, die weiterhin durch Bauprojekte jeglicher Art bedroht werden?
Demonstriert die Angelika da gar nicht gegen?
Ich kann Sie nur beruhigen.

Angelika und Klaus werden gemeinsam noch viele Schweinswale, Greifvögel, Zugvögel, Fledermäuse, Rotmilane und andere bedrohte Tierarten retten. Dafür nehmen sie an unendlich vielen Demonstrationen teil.
Doch bei all ihrem Tatendrang zur Weltverbesserung im Großen werden sie die Weltverbesserung im Kleinen nie vergessen.

Der vermeintliche Mikrokosmos

Juliane erzählt.

Ich öffnete meine Augen und musste sie sofort wieder schließen.

So sehr wurden meine Sinne von all den Eindrücken überwältigt, die mit einem Schlag auf mich einprasselten.

Sobald ich meine Augen wieder öffnete, wurden farbige Strukturen, Muster und Kerne für mich sichtbar.
Farbige Strukturen, Muster und Kerne - und immer wieder diese äußeren Schalen, die sich um jeden dieser Kerne herum befanden und die sorgsam angeordnet in Mosaiken, Spiralen und Rechtecken dem Ordnung gaben, was wir allgemein als Materie bezeichnen.
Die gesamte Materie um mich herum sah ich in diesem komplexen Mosaik ganz klar strukturiert vor mir.
Und nichtsdestotrotz schien es mir, als ob diese klaren Strukturen dynamisch wären.
Ja, als ob sie sich in irgendeiner mysteriösen Art und Weise bewegten, um eine Synthese zwischen Raum und Zeit zu schaffen. Sie schienen einem Rhythmus zu folgen, der eine Logik in sich trug, die ich aber nicht zu erfassen vermochte.

Mühsam drehte ich meinen Kopf zur Seite.
Langsam erinnerte ich mich, was zuletzt passiert war.

****

Ich befand mich im „Wald- und Wiesenkrankenhaus" meiner idyllischen Heimatstadt, wo ich mich soeben einer Darmspiegelung unterzogen hatte. Mitten in der Untersuchung war ich aufgewacht, um dann sofort wieder in die Narkose abzutauchen, nachdem die Ärzte meinen wachen Zustand bemerkt und das Anästhetikum nachgespritzt hatten. Für diese minimal kurze Zeit hatte ich auf den Monitor gestarrt, auf dem das Innere meines Darms zu sehen gewesen war. In dem Moment war mir klar geworden, dass der Aufbau meines Darms dem Aufbau der Materie erstaunlich ähnelte...

****

... jetzt, nach dem Erwachen aus der Narkose, erschloss sich mir die Schönheit der Materie um mich herum noch viel mehr.

Überall sah ich sie, diese bizarren geometrischen Anordnungen. Diese wundersamen Mosaike und Spiralen aus Quadraten und Oktagonen.
Ihre Farben wirkten dermaßen intensiv - in Kombination mit dem Muster, welches die subatomare Struktur in ihrer völligen Reinheit offenbarte - dass ich es kaum ertragen konnte.
Und auf einmal sah ich es glasklar, ja, ich wusste es einfach: Diese dunklen Kerne überall, das war der Nukleus der Atome. Es war eine dichte Ansammlung von Protonen und Neutronen, die zu meiner Verwunderung eine tiefschwarze Farbe bildeten. Die Schalen drumherum waren schnell zirkulierende Elektronen, die bunte Kreise bildeten, die immer wieder ineinander überliefen und verschwanden, um sich in neuen eliptischen Umlaufbahnen auf wundersame Weise zu formieren.
Ein faszinierendes Schauspiel.
Die Schalen schienen zu vibrieren und besaßen eine innere Dynamik, wie ich sie noch nie zuvor erfahren hatte.

Irgendwo aus der Ferne hörte ich eine Stimme.
Diese seltsame Stimme versetzte die Elektronenschalen und sogar die inneren Kerne der Atome noch weiter in Schwingungen.
Alle Farben wurden immer greller. Sie mutierten zu einem Knallgelb und Neongrün, so dass ich unwillkürlich blinzeln musste.

Die ferne Stimme sagte irgendetwas.
Ich wusste nicht, ob sie wirklich mit mir sprach, denn sie klang so mechanisch, als ob sie jemand mit einem Synthesizer verstellt hätte. Ich war mir sicher, dass sie aus einer anderen Dimension stammen musste, aus einer elektromagnetischen Dimension, die meiner Wahrnehmung bisher vorenthalten gewesen war...

Ich versuchte meinen Kopf noch ein Stückchen weiter nach links zu drehen und meinen Arm zu heben. Es schien, als ob mein Arm irre schwer wie aus Blei war.

An meinem Bett lief eine Frau im weißen Kittel vorbei.
Ihr Gesicht hatte ein extrem länglich gezogenes Kinn und war komplett neongrün.
Irgendwie schön und schaurig zugleich.
Sie war vermutlich dieses seltsame Wesen mit der Synthesizer-Stimme, das auf irgendeine Art und Weise mit mir zu kommunizieren versuchte. Beinahe erinnerte sie mich an einen bizarren Frosch in Menschengestalt.
Irgendwie wurde mir das Ganze plötzlich suspekt.
Ich war doch hier im Krankenhaus und nicht in irgendeiner anderen Dimension. Wie konnte das nur sein? Was war passiert? Befand ich mich in einer neuen Realität?
Es fühlte sich nicht richtig an, obwohl alles sehr authentisch wirkte.

Mich überfiel große Angst. Zugleich war ich jedoch fasziniert von all dem, was sich mir offenbarte. Elektronen und Protonen sieht man schließlich nicht jeden Tag!

Direkt links neben mir am Bett erblickte ich meine Mutter.
Ihre Dimensionen waren zum Glück nicht ganz so verzerrt, aber dafür stellte ich zu meiner großen Verwunderung fest, dass sie zwei Köpfe hatte.
Sie benutzte ebenfalls diese verzerrte Sprache.

So sehr ich mich auch anstrengte, ich konnte sie einfach nicht verstehen.
Ich wollte mit ihr kommunizieren, aber ich konnte es nicht.

Dann musste ich an das Buch über Atomphysik denken, das ich vor zwei Tagen gelesen hatte. Die mich umgebende Dynamik schien auf einmal einen Sinn zu ergeben. Auf mysteriöse Weise verwob sie sich in meinen Gedanken mit der Heisenbergschen Unschärferelation. Ich konnte mir nicht helfen, aber auf einmal taten mir die Elektronen ungeachtet der furchterregenden Schönheit, die mich umgab, unendlich leid. Die Vorstellung, dass diese armen Teilchen nicht gleichzeitig wissen konnten, an welchem Ort sie sich befanden und welchen Impuls sie hatten, löste in mir die schiere Verzweiflung aus.

„Ach, Mama, es ist alles so furchtbar traurig mit den Elektronen", sprudelte es plötzlich aus mir heraus, „stell dir vor, du weißt nicht, wo du dich befindest und mit welcher Geschwindigkeit du dich mit deiner ganzen Masse irgendwo hinbewegst! Und das alles nur wegen der Heisenbergschen Unschärferelation!"
Unwillkürlich fing ich an zu heulen.
Meine Mutter schaute mich ungläubig und zutiefst besorgt an.
So sehr sie auch liebevoll auf mich einzureden versuchte, vermochte sie mich nicht zu beruhigen. An mich kam einfach niemand heran. Zu sehr war ich mit meiner Trauer über die orientierungslosen Elektronen beschäftigt.
„Die armen Elektronen!", stieß ich weinend hervor. „Kein Wunder, dass sie sich schrecklich verloren und orientierungslos fühlen! Ach, sie sind so furchtbar einsam!"
Ich heulte wie ein Schlosshund weiter und wunderte mich, dass meine Mutter nicht sofort in meinen Weinkanon einstimmte.

Dann merkte ich auf einmal, wie abstrus es war, wegen der Heisenbergschen Unschärferelation in eine dermaßen depressive Stimmung zu verfallen.
Das war doch nicht normal!
Plötzlich musste ich schallend lachen.
Ich drehte mich zur Seite und sagte: „Haha, was ist das doch komisch! Ich kriege einen Heulkrampf wegen subatomaren Partikeln und Heisenberg! Haha!"
Jedoch auch den Lachkrampf schien meine Mutter nicht mit mir teilen zu wollen.
Zum Lachen war ihr anscheinend überhaupt nicht zumute.
Sie wirkte auf mich in dem Moment wirklich sehr komisch.

Kurze Zeit später überfiel mich urplötzlich das schlechte Gewissen. Die Materie um mich herum bebte nach wie vor in ihren schillernden Farben und Dimensionen, in einer völligen Einheit von Raum, Klang und Zeit. Und da wurde mir wieder klar, wie verheerend der Zustand für das Elektron sein musste, seinen Impuls und Aufenthaltsort nicht gleichzeitig bestimmen zu können. Während diese armen Teilchen völlig verloren und einsam herumirrten, hatte ich mich auf übelste Weise auf deren Kosten lustig gemacht.
Sofort fing ich wieder an zu heulen.
„Das arme Elektron, es ist so einsam und orientierungslos", erklärte ich erneut schluchzend meiner besorgten Mutter.
Dann begann ich schallend zu lachen. Es wiederholte sich alles.

Immer noch sprach meine Mutter mit dieser elektronisch verzerrten Stimme.

Doch irgendwann merkte ich: Hier stimmt etwas nicht! Und zwar so ganz und gar nicht!

Dies war nicht die Realität.
Es war irgendetwas Anderes, aber definitiv nicht die Wirklichkeit, in der ich mich befinden sollte!

Hoch konzentriert versuchte ich den Worten meiner Mutter zu lauschen. Ich konnte sie immer noch nicht verstehen.

Panik befiel mich.
Was wäre, wenn es keinen Weg zurück gab? Wenn ich für immer hier verweilen müsste?
In dieser verrückten schillernden Welt, voller Farben und Formen?
Alles intensiv wahrnehmend und doch völlig isoliert von meiner Umwelt, die mich gerade überhaupt nicht mehr verstand?
Und stattdessen in einer multidimensionalen Welt des Mikrokosmos, die ich dafür nicht verstand?!
Nein, nein. Das durfte nicht wahr sein.
Das *konnte* nicht wahr sein!

Meine Mutter redete weiter.

Ich riss mich zusammen.
Langsam konnte ich sie verstehen. Immer mehr Worte drangen zu mir durch.
Ich war nicht mehr schallend am Lachen und auch nicht mehr am Weinen.
Nach einer Weile, die mir wie eine halbe Ewigkeit vorkam, fühlte ich mich wieder halbwegs normal.

Ich blieb noch eine Weile liegen.
Alles schien sich langsam wieder zu normalisieren. Die schillernden Strukturen verschwanden. Die Akustik und die Stimmen stammten wieder aus den mir bekannten Dimensionen.
Doch was war nur geschehen?

„Die Krankenschwestern im Aufwachraum konnten dich kaum beruhigen", erklärte meine Mutter später, „fast drei Stunden hat dein seltsamer Zustand angedauert."
„Wie kann das nur sein?", wunderte ich mich.

„Ich werde mir auf jeden Fall vom Arzt den Zettel mit deinem Narkosemittel geben lassen", meinte meine Mutter, „du kamst mir vor wie auf einem Drogentrip!"

Eine halbe Stunde später gingen wir nach draußen zum Auto.
Meine Mutter schloss die Wagentür auf.
Ich sah mich um.
Irgendwie erschien mir alles viel schöner als früher. Immer noch sehr intensiv, aber überhaupt nicht unheimlich sondern einfach nur viel, viel schöner.
Ich war zurück in der Realität, in der ich mich sonst bewege.
In der mir bekannten Realität.
Die einfach nur unglaublich schön war.
Große Erleichterung machte sich in mir breit. Eine Erleichterung und ein Glücksgefühl, diesem seltsamen Trip entkommen zu sein und mich nicht mehr in diesem abgefahrenen, dynamischen Raum-Zeit-Kontinuum zu befinden.

Meine Darmspiegelung ergab zum Glück, dass alles völlig in Ordnung war.

Ketanest stand als Anästhetikum auf dem Zettel, den uns der Arzt auf Wunsch meiner Mutter hin mitgegeben hatte.
Im Prinzip hatte ich völlig unbeabsichtigt einen Gratis-Ketamin-Trip im Krankenhaus erlebt. Solche Trips werfen sich andere Leute in Electro-Clubs ein.
Eine schaurig-schöne Erfahrung, die ich nicht wiederholen möchte.
Denn diese kurze Zeit, in der ich befürchtete, nie wieder aus dieser reizüberfluteten Welt herauszukommen, hat mich nachhaltig geprägt. Und mir einen ziemlichen Schrecken eingejagt.

Welch eine Ironie, dass ich meinen ersten und einzigen Drogentrip weder in einem Club, noch auf einer Klassenfahrt oder auf einer alternativen Party sondern

ausgerechnet in unserem ländlichen Wald-Wiesen-Krankenhaus erlebt habe!
Echte Elektronen, Protonen und Neutronen habe ich auf diesem Trip sicherlich nicht gesehen.
Alles lief nur in meinem Kopfkino ab.

Es ist eben nicht alles so, wie es auf Ketamin zu sein scheint. Zum Glück.

Das vermeintlich souveräne Ergrauen

Jule (34 Jahre alt) erzählt.

„Ich bin auf jedes einzelne meiner grauen Haare richtig stolz!", verkündete meine Freundin Valerie selbstbewusst, als wir neulich in einer Tapas-Bar auf das Thema Altern zu sprechen kamen.
Fasziniert sah ich Valerie an.
Ihr junges Gesicht, in dem ohne detaillierte Suche keine unerwünschte Falte zu finden ist, lässt einen kaum erraten, dass Valerie kürzlich ihren vierzigsten Geburtstag gefeiert hat. Lediglich einige silberne Haarsträhnen deuten darauf hin, dass sie nicht mehr um die Dreißig ist.
Diese silbernen Strähnen fallen prinzipiell gar nicht auf. Doch wenn man genau hinschaut, kann man sie sehen. Seltsamerweise ertappe ich mich bei dem Gedanken, dass sie Valeries Gesicht eine ausgesprochen elegante Note geben, die zu ihrer intellektuellen und charmanten Ausstrahlung hervorragend passt.
Ja, Valerie stehen ihre grauen Haare tatsächlich phantastisch, und sie trägt sie voller Stolz!

Dummerweise klaffen Theorie und Praxis bei mir himmelweit auseinander, wenn es um den eigenen Prozess des Älterwerdens geht.
Älterwerden möchte ich auf jeden Fall, denn das gehört zum Altwerden ja dazu, und umgekehrt! Aber es fällt mir manchmal schwer zu akzeptieren, dass ich nicht mehr zu den „jungen Kücken" gehöre.

Mit Mitte Zwanzig habe ich früher fest behauptet: „Haare färben kommt für mich nie in Frage! Es ist mir doch völlig schnuppe, ob ich später Falten kriege und ergraue! Hauptsache ist, ich bleibe schön natürlich, die Ausstrahlung überzeugt!"
Diese Theorie habe ich jahrelang mit großer Vehemenz vertreten.

Ich fand es völlig in Ordnung, wenn andere Frauen sich früh die Haare färbten, um die Versilberung ihrer Frisur zu kaschieren. Aber bei mir?! Höchst souverän würde ich auch begeistert zu meinen grauen Haaren und Falten stehen, da war ich mir ganz sicher!

Die Leute schätzten mich damals sowieso konstant jünger, was nicht nur Nachteile sondern manchmal auch Vorteile mit sich brachte.
So wurde ich mit 17 Jahren noch von einer Metzgerin gefragt: „Und, liebes Mädchen, magst du auch ein Stückchen Fleischwurst?"
Während meine Mutter die Metzgerin zutiefst verwundert ansah, antwortete ich strahlend: „Oh ja, sehr gerne!"
Mein toller Look mit sportlichen Lauf-T-Shirts während der Teenager-Zeit trug natürlich sein Übriges dazu bei, mich jünger aussehen zu lassen, als ich es ohnehin schon tat!

Im Studium ging es dann munter weiter.
Vor der Disco musste ich stets brav meinen Ausweis vorzeigen, ob ich wirklich volljährig bin, während meine Freunde direkt an mir vorbei in den Club hineinmarschieren konnten.

Als ich Ende Zwanzig war, wurde es noch toller.
Ich hatte soeben meine Promotion abgeschlossen und war unendlich froh, diese Doktorarbeit endlich hinter mir zu haben. Da kam ich auf einer Zugfahrt in ein Gespräch mit einer Dame so um die Vierzig.
„Und fährst du auch in Urlaub?", fragte sie mich mit freundlicher Stimme. „Du hast doch bestimmt gerade dein Abi über die Bühne gebracht?"
„Nee, meinen Doktor", erklärte ich trocken, woraufhin ich einen zutiefst erstaunten Blick erntete. Vermutlich dachte die Dame, ich würde sie auf den Arm nehmen...
Wenige Wochen später fragte mich auf einem Kongress eine Studentin mit vor Stolz geschwellter Brust: „Und worüber schreibst du deine Bachelor-Arbeit? Ich habe übrigens gerade meinen Master abgeschlossen!"

„Also, meine Master-Arbeit liegt schon etwas länger zurück, aber ich kann dir gerne erzählen, was das Thema meiner Promotion war", erklärte ich ihr freundlich.
„Was, du bist schon so alt?! Das ist echt krass!", entfuhr es der Studentin verblüfft.
In dem Moment kam ich mir zum ersten Mal wie eine alte Schachtel vor.
Verdammt!
Verglichen mit Studenten gehörte ich mittlerweile wirklich schon zum alten Eisen, zumal ich bereits berufstätig war. Irgendwie fühlte sich dieser Gedanke sehr komisch an.

Jünger geschätzt zu werden war für mich so natürlich, dass ich gar nicht darüber nachdachte, dass sich dieser Umstand jemals ändern könnte. Während mein junges Aussehen als Teenager und im Berufsleben manchmal nervig war, hatte es sich insgesamt jedoch als sehr vorteilhaft erwiesen. Angefangen bei gratis angebotener Fleischwurst in der Metzgerei bis hin zu der Möglichkeit, mit über Dreißig einen neun Jahre jüngeren Freund haben zu können, den mein „Alter" überhaupt nicht störte, brachte dieses Jünger-auf-Andere-Wirken jede Menge Annehmlichkeiten.

Mit 33 Jahren hat sich dann plötzlich alles rapide geändert.
Das einschneidende Ereignis - obwohl es vielmehr ein plötzlich einsetzender Prozess war - bestand in der Versilberung meiner Haare.
Zugegeben. Ein paar einzelne graue Haare hatte ich hier und da immer mal wieder entdeckt. Bereits mit Ende Zwanzig. Diese grauen Einzelgänger wurden von mir jedoch sofort durch eine rabiate Zupfaktion nachhaltig beseitigt.
Aber seitdem ich 33 wurde, breiten sich die grauen Haare immer schneller aus... wenn ich die jetzt alle noch herauszupfen würde, wäre ein Sechstel meiner Haare weg! Ungeachtet des immens hohen Zeitaufwands, den

das kosten würde! Denn für jedes gezupfte Haar, so scheint es, tauchen innerhalb kürzester Zeit wie magisch drei weitere graue Haare auf, um die grausame Beseitigung ihres Vorgängers zu betrauern.
Wer heute, anderthalb Jahre später, genau auf meinen Kopf schaut, der sieht die grauen Haare auch! Da hilft selbst mein jugendlich wirkendes Gesicht nicht drüber hinweg!

Haare sind natürlich nur Äußerlichkeiten. Eigentlich ist das frühe Ergrauen ein schieres Luxusproblem. Total oberflächlich! Aber trotzdem hat die äußere Erscheinung einen größeren Einfluss darauf, wie man sich fühlt, als ich es mir zuweilen eingestehen möchte.
Und zum Glück stehe ich mit diesem Paradoxon nicht alleine da.
Neulich sprach ich mit einigen Freundinnen über den Prozess des Älterwerdens. Und über das Haare färben.
Meine Freundin Beatrix, die ebenfalls wie ich grundsätzlich keine Lust verspürt, sich irgendwelche Chemie in die Haare zu kleistern, meinte: „Also, ich kann nur noch sagen, ich hoffe, dass ich mich entscheiden werde, meine Haare *nicht* zu färben! So sicher wir früher bin ich mir da aber nicht mehr! Denn obwohl ich weiß, dass das total oberflächlich ist, stören mich die grauen Haare!"
„Du, ich bin mir da bei mir auch nicht mehr so sicher!", stimmte ich ihr nachdenklich zu.
„Was, dir geht es auch so, Jule?" Beatrix sah mich überrascht an.
Es ist wirklich sehr schockierend. So ein Satz stammt ausgerechnet von mir, der Verteidigerin der Natürlichkeit schlechthin!

Beruhigenderweise geht es nicht nur meinen Freundinnen so. Denn das männliche Geschlecht trägt sich mit ganz ähnlichen Gedanken. Der Neuheitsaspekt des nicht-mehr-zu-den-ganz-Jungen-zu-gehören, beschäftigt ebenso meinen Kumpel Tommy. Ausgerechnet Tommy, der wirklich ohne großes Zutun

von Natur aus extrem attraktiv aussieht, dass sich die Frauen ständig nach ihm umdrehen.
„Jule, sag mal, findest du es eigentlich falsch, wenn sich Männer die Haare färben?", fragte er mich neulich.
„Eigentlich bin ich ja überhaupt nicht eitel, aber die grauen Schläfen, die auf magische Weise immer größer werden, machen mir echt zu schaffen!", gestand er mir.
„Und auch im Geschäftsleben kann das nachher Auswirkungen haben, wenn man älter geschätzt wird. Das kann sowohl positive als auch negative Konsequenzen mit sich bringen."
„Du, Tommy, ich kann dich voll verstehen! Wieso sollte es euch Männern auch anders als uns Frauen gehen? Ich finde das Haare färben völlig legitim", antwortete ich bestimmt.

Es sind jedoch nicht nur die Haare.
Im Badezimmerschrank findet man bei mir neuerdings Anti-Faltencreme auf Granatapfelbasis, Spezialglättungscreme für die Augenpartie sowie eine Feuchtigkeitsgesichtscreme.
Meine Haare sind hingegen immer noch ungefärbt. Und vorerst bleiben sie das auch.

Was mich inzwischen vielmehr umtreibt, sind bezüglich des Alterns ganz andere Fragen.
Und die sind dann nicht mehr oberflächlich, sondern machen mir Angst.
Neulich habe ich mal wieder einer älteren Dame im Supermarkt ein Päckchen Milch vom Kühlregal gereicht. Da sie sich mit beiden Händen mühsam an ihren Rollator klammern musste, um die Balance zu halten, war es ihr nicht möglich, gleichzeitig nach der Packung zu greifen. Sie war so dankbar für diese kleine Geste, die für mich so leicht und einfach war, aber für sie eine riesengroße Bedeutung hatte.
Ein klein wenig erinnerte mich das an die Zeit, als mein linkes Bein gebrochen war und ich anderen Menschen für jegliche Hilfe beim Tragen und Reichen von Sachen unglaublich dankbar war. Eine Zeit, in der ich mich selbst bei Kleinigkeiten so fürchterlich abhängig fühlte.

Diese Fragen nach körperlicher Gesundheit und geistiger Fitness stehen für mich viel mehr im Vordergrund als die Problematik des älteren Aussehens. Aber gleichzeitig ruft die Beschäftigung mit diesen Fragen große Ängste hervor. Denn niemand hat auf irgendetwas eine Garantie.

Mit dem Überschreiten der Dreißig ist das vielen meiner Freunde und mir bewusst geworden.
Viele von uns, die sich früher mega-ambitioniert in der High Potential-Welt international herumgetrieben haben, ziehen plötzlich eine ausgeglichene Work-Life-Balance bei weniger Gehalt vor. Die steile Turbo-Karriere hat bei uns gewaltig an Attraktivität verloren. Gewissermaßen mit dem gleichen Tempo, wie sich die grauen Haare auf unseren Köpfen ausbreiten. Natürlich nur symbolisch gesprochen. Das ist fast schon ein Phänomen!
Dafür freue ich mich jedes Mal, wenn ich mit meinen Eltern durch Berlin spazieren und dabei schöne Gespräche führen kann. Denn Gesundheit für Familie, Freunde und einen selbst ist wirklich das allerhöchste Gut!
Früher habe ich vieles als selbstverständlich hingenommen.
Heute ist mir klar, dass das ein Geschenk ist.

Sobald ich mich mal wieder über eine meiner grauen Haarsträhnen vor dem Spiegel ärgere, strecke ich mir die Zunge heraus.
Und dann denke ich an die ältere Dame aus dem Supermarkt, und dass mein Problem doch wirklich Kikifax dagegen ist. Andererseits ist es natürlich extrem positiv, wenn man noch die Zeit hat, sich über solche Luxusprobleme Gedanken zu machen.

Und natürlich hoffe ich, eines Tages die gleiche Souveränität wie meine Freundin Valerie zu erlangen und voller Überzeugung sagen zu können: „Ich bin auf jedes einzelne meiner grauen Haare richtig stolz!"...

... und dass die grauen Haare dann ebenso meine intellektuelle und charmante Ausstrahlung abrunden werden, wie sie es bei Valerie tun.
Auf diese Weise älter zu werden und mich selbst zu akzeptieren, so wie ich bin, das wäre optimal.

Denn dann entspräche der Schein genau dem Sein!

Die vermeintlich Tolerante

Thomas erzählt.

„Also, wenn mein Sohn schwul wäre, würde mich das nicht die Bohne stören! Homosexualität ist das Normalste auf der Welt!"
Ich saß gerade draußen auf dem Balkon unserer Wohnung bei halb geöffneter Tür, als ich meine Mutter diesen revolutionären Satz sagen hörte.
Revolutionär für *ihre* Verhältnisse, meine ich damit.
Für mich war Schwulsein schon immer das Normalste auf der Welt. Nur für viele in dem Kuhkaff, aus dem ich stamme, leider nicht!

Wie jeden Mittwochnachmittag hatte meine Mutter ihre beiden engsten Freundinnen Maria und Josefa zu Besuch und tratschte mit ihnen über Gott und die Welt.
Und das im wahrsten Sinne des Wortes!
Die drei Frauen unterhielten sich nämlich immer über die aktuellen Festivitäten der Kirchengemeinde, über den Sportverein und wer gerade am Heiraten und Kinder kriegen war. Dabei saßen sie rund um unseren Esstisch und widmeten sich mit größter Begeisterung der Weißstickerei. Unsere ganze Wohnung war bereits übersät von dem künstlerischen Output meiner Mutter. Ich kam mir fast wie in einem Stick- und Nähmuseum vor, so sehr waren unsere Wände, Tische, Kissen, Lampenschirme und Klopapierrollen mit ihren Stick- und Nadelarbeiten geschmückt. Total spießig eben.
Für gewöhnlich vermied ich es, dieser Damenrunde auch nur einen Funken Aufmerksamkeit zu widmen. Aber der Kommentar meiner sonst so erzkonservativen Mutter hatte mich neugierig gemacht.
Also blieb ich auf dem Balkon und lauschte weiter der Unterhaltung.

„Mensch, Gudrun", sagte Josefa mit empörter Stimme zu meiner Mutter, „das meinst du doch nicht im Ernst!

Also, wenn mein Sohn, der Ludwig, schwul wäre, würde ich das als eine Riesenkatastrophe empfinden! Dann könnte er mir ja gar keine Enkelchen schenken! Und ich wünsche mir nichts sehnlicher im Leben als irgendwann einmal Oma zu werden!"

„Ja, und stell dir mal vor, was die Leute im Dorf sagen würden, wenn dein Kind homosexuell wäre!", warf Maria mindestens ebenso aufgebracht ein. „Was wäre der Bub doch isoliert! In der Schule würde bestimmt keiner mehr mit ihm reden! Da müsste ja jeder Junge gleich Angst haben, dass er von ihm angemacht wird!"

„So ein Blödsinn!", winkte meine Mutter entschieden ab. „Ich mache ja schließlich auch nicht alle Männer an und will sofort mit ihnen ins Bett steigen, nur weil ich hetero bin!"

„Na, das wäre ja noch schöner!", erwiderte Josefa spitz. „Aber zum Glück brauchst du dir gar keine Gedanken darüber zu machen, denn dein Sohn Thomas ist schließlich nicht schwul!"

„Wie man so hört, kommt er bei den Mädchen in seinem Schuljahrgang unglaublich gut an!", ergänzte Maria beschwichtigend. „Kein Wunder, bei dem feschen, maskulinen Aussehen!"

„Oh nein, schwul ist mein Thomas ganz gewiss nicht, der gute Burl!", bestätigte meine Mutter. „Eure Meinung finde ich aber trotzdem total hinterwäldlerisch! Ein bisschen mehr Toleranz gegenüber anderen Lebensentwürfen würde euch wirklich nicht schaden!"

Ein Gefühl großer Erleichterung machte sich in mir breit, als ich diese Worte hörte.
Ja, es durchrieselte mich regelrecht ein warmer Regen der Zuversicht.
Bereits seit Monaten hatte ich intensiv darüber nachgedacht, ob und wie ich es meinen Eltern sagen sollte. Ob ich meinen Eltern von *ihm* erzählen konnte.

Von *ihm*, von Simon, meiner ersten großen Liebe.

Simon, meine erste große Liebe.

Selbst heute wird mir ganz kirre und schwindelig, wenn ich an ihn denke.

An seinen schrägen, spitzbübischen Blick, seine hellen blauen Augen, seinen muskulösen, durchtrainierten Körper, seine kraftvollen Arme – und sein blondes, lockiges Haar, das ihm ständig in sein von Sommersprossen übersätes Gesicht fällt...

Simon war letztes Jahr neu an unsere Schule gekommen.
Gleich zu Beginn der zwölften Klasse hatten wir uns angefreundet. Anfangs beschränkte sich unsere Freundschaft auf gemeinsame Kletteraktivitäten in den nahe gelegenen Alpen im Sommer sowie waghalsige Offpiste-Skitouren und Eisklettern im Winter. Außer ihm gab es weit und breit niemanden, der mein Faible für Extremsportarten dermaßen exzessiv teilte, was aber auch nicht weiter verwunderlich war. Denn ich galt als der Draufgänger an der Schule schlechthin.

Mit der Zeit wurde es zwischen Simon und mir immer mehr.
Bei den Hüttentouren lagen unsere Schlafsäcke nachts dicht beieinander. Wenn es kalt war, kuschelten und schmiegten wir uns eng aneinander.
Dann konnte ich ihn immer leise atmen hören.
Ich spürte, wie seine Bauchdecke sich mit jedem Atemzug gleichmäßig bewegte.
Es war ein total geiles Gefühl, ihm so nahe zu sein.

Wir teilten uns die Wasserflasche, wenn wir auf hochalpinen Höhenwegen rasteten, massierten uns gegenseitig nach den Wanderungen und brachten uns ständig zum Lachen.
Bei den Rastpausen saßen wir so dicht beieinander, dass sich unsere Beine stets zufällig berührten. Ich fühlte mich auf eine ganz wundersame Weise erregt dabei. Zwar hatte ich zuvor bereits drei Freundinnen gehabt

und mit mehreren Mädels geschlafen. Aber kein Mädchen hatte jemals in mir diese Gefühle der Elektrisierung wie Simon ausgelöst.
Das Tollste aber an Simon war, dass ich mit ihm über alles reden konnte. Über Politik, über die Schule, über Ärger mit den Lehrern, meine Sorgen, Freuden und Nöte.

Was zu Beginn noch wie rein zufällige Berührungen wirkte, wurde zunehmend intensiver.
Als wir eines Abends in einer Berghütte lagen und ich aufgrund einer bevorstehenden Gipfelbesteigung vor lauter Aufregung nicht schlafen konnte, streichelte Simon plötzlich meine Wange. Die Hüttenwirtin hatte das Stromaggregat bereits abgeschaltet. Es bestand also keine Gefahr, dass irgendjemand im großen Schlafsaal unerwartet das Licht anmachte.
Und so nahm dieser Abend leise seinen Lauf...

****

Seit zehn Monaten waren Simon und ich bereits zusammen.
Bemerkt hatte es bis jetzt noch niemand.
Nach außen gaben wir uns als die begeisterten Kletterkumpanen.
Wenn wir gemeinsam bei Partys aufkreuzten, nannten uns die Schulkameradinnen das Dream Team.
„Ich weiß gar nicht, mit wem ich von euch beiden lieber ausgehen würde! Ich finde euch beide so unschlagbar maskulin und sexy!", sagte die sehr attraktive Liesel immer, wenn sie uns sah.
Auch meine Eltern ahnten nicht die Spur.
Aber nachdem ich an jenem Nachmittag das Gespräch meiner Mutter mit ihren Freundinnen belauscht hatte, stand mein Entschluss fest. Ich wollte ehrlich sein und es meinen Eltern sagen.
Simon hatte es seinen Eltern schon längst erzählt. Inständig hatte er mich angefleht, es ihm gleich zu tun. Damit wir unsere Beziehung nicht mehr verheimlichen

mussten. Und sogar in der Schule offen dazu stehen konnten.
Ja, ich musste es meinen Eltern sagen. Endlich war es soweit.

„Guten Abend, Thomas!", grüßte mein Vater fröhlich, als ich das Wohnzimmer betrat.
„Hallo", sagte ich, „wie war's auf der Arbeit? Hattest du einen anstrengenden Tag?"
„Nein, es war in Ordnung. Heute war auf dem Postamt nicht ganz so viel los wie sonst, zum Glück! Aber setz dich doch, mein Burl!", antwortete mein Vater gütig.
Sein Zwirbelbart stand wie immer perfekt von beiden Seiten ab.
Ich blickte zum Wohnzimmerfenster, wo meine Mutter es sich auf dem großen, rosafarbenen Ohrensessel bequem gemacht hatte. Ihre geblümte Trachtenbluse hatte sie ziemlich weit aufgeknöpft und widmete sich offensichtlich einer neuen Weißstickereiarbeit.
„Mutter, Vater, ich muss euch etwas sagen", begann ich zögerlich.
„Ja, was denn?" Meine Mutter schaute kurz von ihrer Handarbeit auf und gähnte.
„Mutter, ich habe mitbekommen, was du heute zu deinen Freundinnen Maria und Josefa zum Thema Homosexualität gesagt hast." Ich musste schwer schlucken.
„Ja, und?" Irritiert sah meine Mutter mich an.
„Also... ich... äh... also, ich bin es auch. Ich meine, ich bin schwul. Ich habe mich in meinen Kletterkameraden Simon verliebt. Seit zehn Monaten sind wir fest zusammen."
Für einen Moment herrschte Stille.
Es war so ruhig, dass man eine Stecknadel auf unseren wunderschönen Dielenboden hätte fallen hören können. Allerdings nur für wenige Sekunden.
Dann brach meine Mutter das Schweigen.
„Thomas, waaaaaas?! Das ist nicht dein Ernst, Burli!"
Fassungslos starrten meine Eltern mich an.

„Thomas, das meinst du doch nicht wirklich, oder? Wie kannst du mir nur so etwas antun?", fragte meine Mutter mit schriller Stimme.
Sie überschlug sich fast, während sie sprach. Das blanke Entsetzen stand ihr ins Gesicht geschrieben.
Auch mein Vater sah nicht gerade super-begeistert aus.
„Ja, aber ich... ich dachte, du hättest überhaupt kein Problem damit, wenn ich schwul wäre! Das hast du doch vorhin selbst noch zu deinen Freundinnen gesagt...", stotterte ich hilflos herum.
Ich spürte, wie sich in meinem Hals ein Kloß bildete.
Ein Kloß, der immer größer wurde.
Größer und größer und so hart, dass ich kaum noch schlucken konnte.
Schließlich riss ich mich zusammen.
„Ich möchte euch doch nicht damit verletzen! Ich liebe einfach nur einen Menschen, so wie ganz viele andere Menschen das auch tun! Nur, dass er halt ein Mann ist! Und Simon ist ein wunderbarer Mann! Ihr kennt ihn doch auch und habt ihn immer sehr nett gefunden!"
„Aber, Thomas, das sind ja wohl zwei paar Schuhe!", meinte mein Vater sehr entrüstet. „Ein guter Kumpel, ein guter Kletterkamerad, das ja! Aber Simon als dein Freund?! Ich glaub', ich spinne! So etwas ist absolut untragbar! Ich möchte keine schwule Schwuchtel als Sohn haben!"
Mit einem seltsamen Ausdruck der Verwunderung in den Augen starrte meine Mutter meinen Vater an. Es war ein Ausdruck, wie ich ihn noch nie zuvor bei ihr gesehen hatte.
„Aber, Vater, ich liebe Simon. Und es ist eine gute Sache, eine schöne Sache! Könnt ihr das denn nicht akzeptieren? Andere Jungs in meiner Klasse wechseln ständig die Mädchen wie die Unterhosen, und das findet ihr okay! Aber wenn ich eine feste Beziehung zu einem Mann habe, den ich wirklich liebe, dann ist das für euch plötzlich ein Problem!"
„Ach, mein Junge, mein Junge!", klagte meine Mutter nur.
Gleichzeitig streckte sie ihre Hand nach mir aus.
Ich ging zu ihr hin und streichelte sie.

„Burli, wie kannst du uns nur so etwas antun! So ein Schock! Ich habe das doch nur rein theoretisch zu meinen Freundinnen gesagt! Ich hätte nie im Leben damit gerechnet, dass ausgerechnet mein Sohn schwul ist! Womit habe ich das nur verdient? Was um alles in der Welt habe ich falsch gemacht!"
Während sie das sagte, kullerten meiner Mutter Tränen über das Gesicht.
Und nicht nur das. Ihre ganze Weißstickerei, die unfertig auf ihrem Schoß lag, wurde von einem regelrechten Tränenmeer durchtränkt.
Auch mein Vater sah mich mit ernsthaftem, strengem Blick an.
„Was sollen denn nur die Leut' sagen, Bub?", fragte er immer wieder. „Was sollen denn nur die Leut' sagen, Bub?"
„Und was werden Maria und Josefa dazu sagen?", meinte meine Mutter traurig. „In der Kirchengemeinde werden sie alle über dich tuscheln! Und über uns gleich mit! Oh je, ich mag gar nicht daran denken, was das für unser Ansehen in der Gemeinde bedeutet!"
Der Kloß in meinem Hals wurde immer größer.
Ich hatte das Gefühl, dass der Kloß mich regelrecht zuzuschnüren drohte, so dass mir für immer die Luft wegblieb.
Ich liebte Simon doch so sehr.
Wie konnte etwas, dass sich so gut und richtig anfühlte, auf solch eine heftige, negative Reaktion stoßen? Ich hatte überhaupt nichts Schlimmes getan! Ich war einfach nur bis über beide Ohren verliebt. Homo- und Bisexualität sind das Normalste und Natürlichste auf der ganzen Welt. Es grenzte schon an eine Ironie, dass die alten Griechen in der Antike darauf wesentlich gelassener reagiert hätten als heute meine eigenen Eltern! Gleichzeitig traf es mich wie ein Stich, dass ich meine Eltern damit dermaßen verletzte. Denn ich wollte ihnen ja nicht wehtun. Aber wie kann man jemanden mit etwas verletzen, obwohl man ihm überhaupt nichts angetan hat?
Ich ließ die streichelnde Hand meiner Mutter los.

„Es ist wohl das Beste, wenn ich erstmal auf mein Zimmer gehe", murmelte ich leise.
Durch den dicken Kloß im Hals konnte ich ohnehin kaum noch sprechen.

****

Es war bereits nach Mitternacht, als es plötzlich an meiner Zimmertür klopfte.

Mein Handy hatte ich auf lautlos gestellt.
Simon konnte ich unter keinen Umständen anrufen.
Und ich wollte auch keinen Anruf von ihm erhalten.
Viel zu sehr verwirrte mich die unerwartete Reaktion meiner Eltern, die ich vorhin erlebt hatte.
Das Schlimmste an dem Ganzen war, es stimmte ein Quäntchen von dem, was sie sagten.
Gewiss würden sich die Leute im Dorf das Maul über Simon und mich zerreißen, sobald sie erfuhren, dass wir ein Paar waren. In der Schule würde es womöglich drastische Konsequenzen nach sich ziehen. Und natürlich würde das nicht nur auf Simon und mich sondern ebenso auf unsere Eltern zurückfallen. Die Situation war einfach total abgefahren!
Total abgefahren und aussichtslos.

An der Tür klopfte es erneut. Jetzt deutlich lauter.

„Thomas, Burli, bist du noch wach?", hörte ich von draußen die Stimme meines Vaters.
„Ja, das bin ich!", antwortete ich leise.
Fast im Zeitlupentempo konnte ich beobachten, wie mein Vater von der anderen Seite aus langsam die Türklinke herunterdrückte.
Behutsam und auf Zehenspitzen tapste er in mein Zimmer.
Zögerlich setzte er sich neben mich.
„Ach, mein Junge", sagte er nur. Dabei strich er mir väterlich über das Haar.
Diese Geste ließ mir Tränen in die Augen schießen. Und das, obwohl ich sonst nie weine. Weil es viel zu

unmännlich ist und eigentlich gar nicht zu mir, dem schweren Draufgänger, passt.

„Ach, mein Junge", sagte mein Vater wieder, „fast habe ich es schon geahnt!"

„Was?" Mit einem Mal saß ich ganz aufrecht im Bett. „Was hast du geahnt?"

„Dass du schwul bist." Mein Vater sah mich lange an. „Genauso wie ich."

„Genauso... wie... du? Was soll das heißen?" Fassungslos blickte ich meinen Vater an.

Schweigend schaute er auf den Boden.

„Mhm", brummte er nur.

„Aber... du... du bist doch mit Gudrun verheiratet! Und ihr habt doch mich, euren Sohn!", meinte ich dann. Ich fiel aus allen Wolken und konnte überhaupt nicht glauben, was ich da soeben gehört hatte. Wieso war mir das vorher nie in den Sinn gekommen?

„Nun ja, ich bin wahrscheinlich nicht schwul", antwortete mein Vater langsam und mit überraschend ruhiger Stimme, „wohl eher bi. Jahrelang habe ich mich in Männer verliebt, aber es immer wieder unterdrückt. Die Kirche, das Dorf, die Sitten... du weißt schon. Na ja, und dann habe ich eben Gudrun getroffen und mich in sie verliebt. So ein Gefühl in der Art war es jedenfalls. Sie war sehr fesch damals, als Mädel, mit ihrem langen braunen Haar und ihren grünen Augen. Aber was heißt schon Liebe? Irgendwann, da waren wir schon eine ganze Weile verheiratet, bin ich zum ersten Mal fremdgegangen. Mit einem Mann. Dem Bauer-Klaus, du weißt schon."

„Deinem Skat-Kameraden?" Mit großen Augen sah ich meinen Vater an.

Ich konnte immer noch nicht glauben, was ich da gerade hörte...

„Na ja, ich habe hin und wieder die eine oder andere Affäre gehabt. Kannst du dir ja vorstellen, Burli."

Mein Vater zuckte mit den Schultern. Irgendwie sah er traurig aus. Gleichzeitig aber auch auf seltsame Weise erleichtert.

„Weiß Mutter denn davon?"

„Ja, sie weiß es." Mein Vater nickte langsam. „Ich wollte sie nicht anlügen. Obwohl das alles sehr verwirrend für mich war. Wo ich hingehöre, was ich will und so, all diese Fragen! Gudrun und ich haben damals die Verabredung getroffen, dass ich so weitermachen kann wie bisher, aber dass es niemals nach außen dringen darf. Du weißt doch, wie die Leute hier in dem Dorf reden! Und es ist ja schließlich unsere Heimat! Wo sollen wir denn sonst hin? Ach, Burli, wie glücklich waren wir bei dem Gedanken, dass dir all diese Probleme erspart bleiben würden! Und nun sowas! Mutter ist sehr erschüttert. Sie war sich so sicher, dass du hetero bist und ihr einmal ein Enkelchen schenken würdest!"
„Aber..." Ich kratzte mich am Kopf.
Irgendwie ergab das alles keinen Sinn.
Auf der einen Seite tolerierte meine Mutter konstant die Seitensprünge meines Vaters mit anderen Männern. Auf der anderen Seite tickte sie total aus, wenn ihr eigener Sohn schwul war. Gleichzeitig spielte sie ihren Freundinnen gegenüber die offene, progressive Frau, die Homosexualität völlig akzeptierte. Wie passte das alles zusammen? Oder hatte sie nur kein Problem mit dem Schwulsein, so lange es nicht in ihrer eigenen Familie vorkam?
„Mutter wollte sich damals eigentlich von mir trennen. Aber eine Scheidung kam für uns nie in Frage. Uns hat immer sehr viel verbunden, und du warst ja noch so klein", sprach mein Vater weiter, als würde er meine Gedanken lesen, „unsere Ehe ist dann halt freundschaftlich und platonisch geworden."
Er räusperte sich.
„Eigentlich möchte ich mit dir als Sohn auch gar nicht darüber sprechen. Das geht schließlich nur deine Mutter und mich etwas an! Ich möchte dir einfach nur zeigen, dass es Wege und Lösungen für dieses Problem gibt und man trotzdem den Schein wahren kann."
„Aber ich möchte überhaupt keinen Schein wahren! Ich möchte offen mit meiner Sexualität umgehen!", widersprach ich aufgebracht. „Es ist doch nichts Falsches dabei! Und es wird höchste Zeit, dass die

Leute in diesem Kuhkaff endlich mal lernen, wie die Welt wirklich tickt! Ich meine, hey, wir sind sicher nicht die einzigen schwulen, lesbischen oder bisexuellen Leute hier im Dorf!"

Ich wusste, dass Simon niemals solch einem Versteckspiel zustimmen würde.

Und ich selbst war es ebenfalls völlig leid. Ich wollte endlich nur ich selbst sein können. Und mein Leben offen leben dürfen, mit allem, was dazugehört. Inklusive meiner Sexualität.

Mein Vater schien das jedoch komplett anders zu sehen. Grimmig rümpfte er die Nase.

„Thomas, ich appelliere an deine Vernunft! Bitte tragt eure Beziehung nicht in die Öffentlichkeit! Trefft euch heimlich, habt euren Spaß auf der Berghütten, was immer ihr wollt! Aber lasst es niemanden wissen! Deine Mutter leidet schon genug unter ihrem Versteckspiel mit mir. Die schwere Depression, die sie damals hatte, erinnerst du dich, Burli? Damals, als du fünf Jahre alt warst?"

Ich nickte.

Das war eine verdammt harte Zeit gewesen. Obwohl ich damals noch so klein gewesen war, hatte ich diese grauen Wochen in deutlicher Erinnerung.

„Die Depression, wo deine Mutter nachher so abgemagert war, dass sie künstlich ernährt werden musste", fuhr mein Vater fort, „das alles geschah in der Phase, als sie von meinem Doppelleben erfuhr! Es war unendlich schwer für sie! Aber wir haben zusammen gehalten. Und wir haben es ja auch für dich getan, Burli, damit du eine unbeschwerte Kindheit in einer intakten Familie hattest!"

Mein Vater sah mich mit festem Blick an.

Ich musste schwer schlucken.

Der Kloß in meinem Hals meldete sich zurück.

Trotzdem nahm ich all meinen Mut zusammen.

„Aber, Vater, das war eure Entscheidung, so damit umzugehen! Ich möchte es eben anders machen!", erklärte ich bestimmt.

„Thomas, Burli." Gütig legte mein Vater seine Hand auf meinen Kopf. „Ich meine es doch nur gut mit dir! Schau

her... in einem halben Jahr hast du dein Abi gemacht. Dann kannst du wegziehen in die weite Welt. Geh nach Berlin oder nach Hamburg, in irgendeine liberale Stadt, weit weg vom Land! Und lebe dort dein freies Leben! Aber lass deiner Mutter und mir hier unser Ansehen! Du bist vielleicht nur noch ein halbes Jahr da, aber wir möchten hier wohnen bleiben! Es ist unsere Heimat! Wir würden im ganzen Dorf nur noch als die Eltern von dem schwulen Sohn berüchtigt sein, wenn du dich outest! Während du überglücklich weit weg studierst, wäre unser Alltag der reinste Spießroutenlauf. Ich mache mir solche Sorgen um deine Mutter. Nicht, dass sie wieder depressiv wird. Willst du das wirklich riskieren?"
Mein Vater sah mich mit ruhigem Blick an, obgleich seine Stimme vibrierte.
Sein dicker Zwirbelbart schwang dabei im Takt mit.
Irgendwie tat er mir leid.
„Ich möchte euch euer Leben hier nicht kaputt machen! Und natürlich möchte ich nicht, dass Mutter wieder krank wird!", sagte ich nach einigem Überlegen.
Mein Vater lächelte mich erleichtert an.
„Guter Junge", meinte er und strich mir sanft über den Kopf, „deine Mutter und ich werden es dir für immer danken."
Mir war völlig schwindlig im Kopf, so ein Chaos herrschte in meinen Gedanken.
Aber ich sah in dem Moment keine andere Lösung.
Und ganz tief im Inneren wusste ich es bereits.
Einen offenen Umgang mit meiner Liebe zu Simon würde ich niemals genießen können, wenn es meine Eltern dermaßen verletzte.

Auch wenn es für mich vielleicht der falsche Weg war, ich musste ihn gehen. Ich hatte keine andere Wahl.

„Ich werde Simon darum bitten, dass unsere Beziehung für immer geheim bleibt", versprach ich meinem Vater mit rauer Stimme.
Mein Vater nickte zufrieden.

Langsam stand er auf und bewegte sich zur Tür. Wie in Zeitlupe drückte er abermals die Klinke herunter.
„Guter Junge", sagte er nochmal, bevor er sie behutsam zuzog. „Gute Nacht, Burli!"

****

Die Aussicht vom Berggipfel war grandios.
Kein Maler auf der Welt hätte dieses Panorama imposanter auf die Leinwand zaubern können.
Die Welt unter uns wirkte ganz bedeutungslos.
Genauso bedeutungslos, wie mir sonst unser Dorf mit seinen konservativen Wertanschauungen vorkam. Die Häuser im Tal schienen aus der Höhe einfach nur klein. Als ob unser Dorf nichts zählte. Das Einzige, was zählte, waren Simon und ich.
Simon und ich und der Berg.
Wir beide ganz alleine auf dem Gipfel.
„Wow, wir haben's geschafft, Kumpel!", rief Simon.
Er reichte mir die Hand.
„Sowas von geil! Ich hätte nie gedacht, dass wir den Watzmann mal so schnell besteigen würden! So gut waren wir noch nie!", sagte ich begeistert.
Simon zog sein T-Shirt aus, so dass er den Blick auf sein durchtrainiertes Six Pack freigab.
Immer wieder musste ich zu ihm hinschauen.
Simon zwinkerte mir zu.
Er war einfach verdammt attraktiv.
Simon. Meine große Liebe.
Ohne den geringsten Zweifel.
Mit ihm fühlte ich mich immer wie auf dem Gipfel der Welt. *On top of the world* sozusagen.

Einige mühsame Stunden später erreichten wir nach dem Abstieg das Tal. Je mehr wir uns dem Dorf näherten, desto größer wurden die Häuser. Und desto mehr gewannen sie wieder an Bedeutung.
Eigentlich hätte ich für immer auf dem Gipfel verweilen wollen. Denn mit unserer Rückkehr schienen alle meine Probleme, die ich in Gipfelhöhe komplett vergessen hatte, erneut aufzutauchen.

So sehr ich es auch wollte, ich konnte sie nicht abschütteln.
Ja, so sehr ich auch frei sein wollte, ich konnte einfach nicht ausbrechen aus dem goldenen Käfig, in den mich die ungeschriebenen Regeln der Gesellschaft pressten.
Aber ich konnte leider nicht für immer auf dem Gipfel bleiben. Auf dem Gipfel mit Simon.
Meinem Gipfel des Glücks. So sehr ich es auch wollte und mich danach sehnte.
„Simon, wir müssen reden", sagte ich, während wir über eine große grüne Weide liefen.
„Oh, das klingt aber ernst. Ist es was Schlimmes? Hast du einen anderen?" Simon sah mich von der Seite an. Seine Stimme klang zwar locker, aber in seinem Gesicht zeigte sich über der Nase eine Falte, die nur sichtbar wurde, wenn er sich zutiefst sorgte. So gut kannte ich ihn bereits.
„Natürlich habe ich keinen anderen! So ein Blödsinn!", widersprach ich vehement. „Nein, Simon, es ist so. Ich habe meinen Eltern von uns erzählt."
„Was? Du hast es endlich getan! Und das sagst du erst jetzt! Mensch, Thomas, das ist ja super! Dann hat das leidige Versteckspiel endlich ein Ende, und wir müssen unsere Beziehung nicht länger verheimlichen! Ich freu mich so!"
Simon strahlte vor lauter Begeisterung über das ganze Gesicht. Impulsiv wollte er mich umarmen.
Plötzlich stutzte er.
„Thomas, was ist? Irgendwas ist nicht in Ordnung, das merke ich doch! Was ist passiert?"
Seine Sorgenfalte direkt über der Nase war wieder aufgetaucht. „So sag doch was! Was ist los?"
Ich schluckte schwer und rang nach Luft.
„Simon, ich möchte mit unserer Beziehung nicht an die Öffentlichkeit gehen. Ich möchte mich nicht vor allen im Dorf als Schwuler outen!", stieß ich schließlich hervor.
Es klang beinahe trotzig.
Denn eigentlich wünschte ich mir nichts sehnlicher, als einfach nur offen mein Leben zu leben. Völlig ohne Heimlichkeiten. Aber es ging ja nicht.

„Können wir nicht einfach so weitermachen wie bisher? Wir treffen uns heimlich, treiben gemeinsam Sport... es muss ja niemand davon wissen. Und so belasten wir auch unsere Eltern und ihr Ansehen im Dorf nicht. In einem halben Jahr machen wir eh das Abi und gehen von hier fort!" Gespannt sah ich Simon an.
Wie würde er reagieren? Würde er mich verstehen?
Simon sagte nichts.
Wie ein programmierter Roboter lief er weiter über die Weide und starrte angestrengt geradeaus.
„Simon, du sagst ja gar nichts!", rief ich jetzt verzweifelt.
Simon lief noch strammeren Schrittes weiter geradeaus.
„Was habe ich denn falsch gemacht?"
„Thomas, es waren deine Eltern, oder? Deine Eltern haben dich darum gebeten, niemandem von uns zu erzählen, oder?" Während Simon dies fragte, schaute er mich an.
Seine sonst so klaren blauen Augen sahen ganz traurig aus. Traurig und leer.
Ich wusste nicht, was ich tun sollte.
Sowohl die Depression meiner Mutter als auch die Homosexualität meines Vaters hatte meine Familie jahrelang vertuscht. Selbst als meine Mutter im Krankenhaus zwangsernährt worden war, hatten meine Eltern allen Leuten im Dorf erzählt, dass sie an einer sehr seltenen Darmkrankheit litt. Und sogar mir hatten sie damals nur die halbe Wahrheit erzählt. Denn bis zur letzten Woche wusste ich nichts von dem Doppelleben meines Vaters und der Ehekrise meiner Eltern, die gewiss stark zu der Depression meiner Mutter beigetragen hatte. Weil sie mit all dem einfach nicht fertig geworden war.
Ich lebte in einer Welt des Vertuschens.
In einer Welt, in der ein falscher Schein gewahrt wurde, um dem vermeintlichen Bild einer bürgerlich intakten Familie zu entsprechen. Obwohl in ihrem Inneren bereits alles zerfallen war.
Aber wie sollte ich Simon das sagen?

Ich spürte, dass sich der Kloß in meinem Hals zurückmeldete.
Und allmählich immer größer wurde.

Oh nein, ich hatte meinem Vater das Wort gegeben.
Ich durfte Simon nichts erzählen, was meine Eltern verraten konnte. Und was die ganze äußere Fassade, für die sie viele Jahre so hart gekämpft hatten, mit einem Mal zu Fall bringen konnte. Simon müsste sich nur einmal irgendwo verquatschen, und schon wäre alles vorbei. Für immer.
Mit dem Gefühl, meine Eltern zu verraten und an ihrem Unglück Schuld zu sein, hätte ich niemals leben können. Es war also klar, was ich Simon antworten musste.

„Es hat nichts mit meinen Eltern zu tun! Rein gar nichts!", sagte ich mit fester Stimme. „Es ist meine eigene Meinung, dass ich damit nicht an die Öffentlichkeit gehen möchte!"
„Aber wieso denn auf einmal nicht? Die ganze Zeit über hast du doch selbst gesagt, dass du einen Scheiß darauf gibst, was die anderen denken! Nur bei deinen Eltern hast du Angst vor der Reaktion gehabt. Aber sonst..."
Simon sah mich verständnislos an.
„Ich verstehe dich nicht, Thomas! Erklär' es mir, bitte!"
„Nein, Simon, da gibt es nichts weiter zu erklären! Verstehe mich doch einfach, bitte!", flehte ich ihn an.
„Warum können wir nicht alles so belassen, wie es gerade ist?"
Simon zuckte mit den Achseln und seufzte schwer.
„Es tut mir leid, Thomas, aber ich halte das Versteckspiel nicht länger aus! Ich möchte nicht ständig mit dieser Angst leben, von jemandem entdeckt zu werden! Ich möchte einfach dazu stehen, wer ich bin und wen ich liebe! Dass ich dich liebe, Thomas! Was ist daran so schwer zu begreifen?"
„Aber wir können uns doch trotzdem lieben, auch wenn wir es heimlich tun! Es ist doch nur noch für ein halbes Jahr bis zum Abi!", entgegnete ich leise.
„Es tut mir unendlich leid. Aber ich kann es nicht mehr", sagte Simon nur mit monotoner Stimme.

Dann sah er mich prüfend an.
„Außerdem habe ich das Gefühl, dass du nicht ganz ehrlich zu mir bist! Und das finde ich viel, viel schlimmer als unser Versteckspiel!", meinte er schließlich.
Ich konnte nichts darauf antworten.
Der dicke Kloß in meinem Hals hatte mich für immer zum Verstummen gebracht.

Schweigend liefen Simon und ich Seite an Seite die letzten Kilometer nach Hause.
Es herrschte absolute Stille zwischen uns.

Es war aus zwischen uns. Für immer.
Wir beide wussten es, obgleich niemand von uns diese Worte offen aussprach.
Die phänomenale Besteigung des Watzmanns blieb unsere allerletzte gemeinsame Bergtour.
Es war unser letztes Treffen überhaupt.

****

Ein halbes Jahr später.

Die Tische in der Stadthalle waren aufwendig mit Blumen dekoriert und übertrieben liebevoll eingedeckt. Beinahe wirkte es wie auf einer Hochzeit. Der Anlass war jedoch nicht das Bejubeln eines Hochzeitspaares sondern das Bestehen unseres Abiturs.
Natürlich war mir diese Dekoration total egal. Ich fühlte mich einfach nur unendlich erleichtert, diese furchtbare Schulzeit endlich hinter mir zu haben.

Mangels Kletterpartner hatte ich in den letzten Monaten keine Zeit mehr auf schwierigen Kletterpfaden in den Bergen verbracht. Dafür hatte ich umso mehr Stunden in das Lernen und in die Schule investiert. Ironischerweise war dadurch mein Notendurchschnitt im letzten Halbjahr um etliche Grade in die Höhe geklettert.

„Guter Junge, guter Junge! Mein guter Burl, ich bin so stolz auf dich!", hatte meine Mutter jedes Mal strahlend gesagt, wenn ich wieder eine Eins nach Hause brachte.
„Es ist wirklich faszinierend, wie sehr sich der Thomas am Ende noch gemacht hat!", meinte meine Lehrerin Frau Müller ebenfalls super-begeistert. „Solch ein Endspurt und so phantastische Noten, da können sich viele Schüler ein Beispiel dran nehmen!"
Trotz des vielen Lobes von außen verspürte ich in meinem Innern eine große Leere. Als ob sich ein Vakuum in mir breitgemacht hätte, aus dem mich niemand mehr befreien konnte. Am allerwenigsten ich mich selbst.
Denn sogar die besten Schulleistungen schafften es nicht, mich glücklich zu stimmen.
Alles prallte an mir ab wie Wasserperlen an einer Lotusblüte. Nichts zählte mehr.
Denn Simon und ich sprachen kein Wort mehr miteinander.
Der Berggipfel des Glücks schien wie für immer aus meinem Leben verschwunden.

In den ersten Wochen nach unserem Gespräch hatten Simon und ich uns ab und zu mit Tränen in den Augen angeschaut.
Aus der Ferne.
Quer über den Schulhof oder quer durch den Klassensaal.
Manchmal hatte Simon mich beim Vorbeigehen noch länger angesehen oder mir kurz zugezwinkert.
Doch irgendwann hörte auch das auf.
Simon hatte sich neue Kletterkameraden gesucht. Er mied mich, wo es nur ging.
Obwohl mir der Gedanke unendlich weh tat, ihn heute hier beim Abi-Ball ein allerletztes Mal zu treffen, war ich froh, ihm danach aus dem Weg gehen zu können.
Für immer.
Ihn einfach nie wiedersehen zu müssen.
Vielleicht würden dieser tiefe Schmerz und diese Taubheit, die ich immerzu verspürte, dann endlich verschwinden.

Simon wollte in München studieren, ich hatte mich für Berlin entschieden. Nie wieder würde es in unserem Leben Berührungspunkte geben.
Für immer und ewig würde er dann der Vergangenheit angehören.

Aber nicht nur für mich, sondern auch für Simon mussten die letzten Monate sehr schlimm gewesen sein. In der Zwischenzeit hatte er sich in der Schule ganz offen als Schwuler geoutet, was ziemlich heftige Wogen geschlagen hatte. Einige Leute mieden ihn komplett. In der Kirchengemeinde wurde viel über ihn getuschelt.
Unsere Beziehung hatte Simon dabei nie mit einem Wort erwähnt.
Und seltsamerweise hatte auch nie jemand im Dorf etwas in diese Richtung vermutet.
Im Gegenteil. Einige Leute in der Gemeinde glaubten sogar, ich hätte die Freundschaft extra beendet, nachdem ich Simons Homosexualität spitzbekommen hatte.
Die Mädchen aus meinem Schuljahrgang liefen mir hinterher, als ob niemals etwas passiert wäre. Mit einigen von ihnen landete ich sogar im Bett. Aber ohne starke Gefühle.
So verrückt ist die Welt!

„Hey, Thomas, schau mal da vorne! Ich glaub's einfach nicht, da geht der Simon Händchen haltend mit 'nem Typ!", riss meine Schulkameradin Liesel mich aus meinen Gedanken.
„Was? Der Simon ist hier mit 'nem anderen Typen?", fragte ich überrascht.
„Ja, da drüben! Guck doch mal!" Liesel deutete mit ihrem Zeigefinger unverblümt auf Simon, der mit einem verdammt attraktiven jungen Mann so um die Zwanzig feixend durch das Festlokal lief.
„Hey, da drüben ist der Simon mit 'nem Mann, ich glaube, das ist sein Freund!", rief da auch schon Miriam aus meinem Jahrgang.
Sie sagte es so laut, dass sich mit einem Schlag alle Abi-Ball-Gäste zu Simon umdrehten.

„Der Burl hat vielleicht Nerven! Mit seinem Freund zur Abschlussfeier zu erscheinen! Jo mei, sowas geht ja gar nicht!", hörte ich Herrn Faller, unseren Englischlehrer, im Hintergrund murmeln.

„Ach, du meine Güte! Also, jegliches Gefühl der Pietät hat dieser Junge anscheinend verloren!", jammerte Mutters Freundin Josefa.

„Aber wieso Pietät? Es ist doch niemand gestorben!", merkte meine Mutter an. „Also, ich bin da völlig tolerant und offen!"

Aha. Meine Mutter spielte also wieder mal die Mega-Progressive gegenüber ihren Freundinnen.

So lange ich nicht Simons schwuler Freund war, schien die Welt für sie völlig in Ordnung zu sein.

„Na, da sei mal froh, dass euer Sohn nicht schwul ist und die Freundschaft mit diesem Simon rasch beendet hat!", meinte Maria mit gütiger Stimme zu meinen Eltern. „Womöglich hätte sich dieses Homo-Sein sonst noch auf Thomas übertragen!"

„So ein Quatsch!" Meine Mutter schüttelte den Kopf. „Der Thomas ist immer nur an Mädels interessiert gewesen!"

„Oh, schaut mal! Gerade haben die beiden sich geküsst!", stieß mein Klassenkamerad Ludwig, Josefas Sohn, plötzlich aus. „Simon und sein Freund haben sich geküsst! In aller Öffentlichkeit!"

„Igitt!", entfuhr es Josefa eine Spur zu laut.

„Voll die Schwuchtel!"

„So etwas Unanständiges!"

„Wirklich ohne jeden Respekt vor Sitte und Werten!"

Von jeder Seite waren irgendwelche Kommentare zu vernehmen.

Ich blickte zu Simon.

Der schien jedoch die Ruhe selbst.

Ganz souverän schaute er sich im Saal um und lächelte.

Auch sein Freund schien sich an dem Skandal, den sie gerade auslösten, nicht im Geringsten zu stören.

Sogar Simons Eltern sahen super-entspannt und gelassen aus.

Als Simons und mein Blick sich zufällig kreuzten, zwinkerte er mir kurz zu.

Ich verspürte einen Stich, der mich urplötzlich durchfuhr.

Einen Stich darüber, dass ich nicht der tolle Mann an Simons Seite war, mit dem er gemeinsam all das durchstehen konnte.

„Wisst ihr was? Ich finde die beiden sehen eigentlich voll süß aus, wie sie sich da gerade geküsst haben!", merkte Clarissa unvermittelt an.

„Was?!", rief Ludwig empört.

„Ich glaub', du spinnst total, Clarissa!"

„Das ist sowas von uncool!"

„Der Simon ist so ein Weichei!"

Die vielen Kommentare, die von allen Seiten über das Paar einprasselten, nahm ich nur noch mit halbem Ohr wahr.

Denn auf einmal war er wieder da. Dieser riesengroße, dicke Kloß im Hals.

Der Schmerz über den Verlust von Simon, der wie ein tiefer Stachel in mir saß.

So sehr ich auch versucht hatte, ihn mit viel Lernen, guten Noten und dem Planen meines Studiums zu verdrängen, der Schmerz ließ sich nicht abschütteln.

Es tat immer noch unglaublich weh. Wie am allerersten Tag nach unserer Trennung.

In genau diesem Moment spürte ich die Hand meines Vaters auf meiner Schulter.

„Guter Junge, das geht vorbei! Glaub mir, Burli, das geht alles vorbei!", flüsterte er.

In genau diesem Moment wusste ich aber, dieser Schmerz würde niemals vorbeigehen.

Denn nichts wünschte ich mir sehnlicher, als mit Simon zusammen zu sein.

Doch jetzt war es zu spät. Für immer.

Simon hatte einen neuen Partner gefunden. Einen Partner, der voll zu ihm stand und der seine Liebe nicht verheimlichte.

****

HEUTE - sechs Jahre später.

Ziemlich durchgeschwitzt streife ich mir das T-Shirt über den Kopf.
„Vielen Dank, das Klettern mit dir hat super-viel Spaß gemacht!", sage ich lächelnd.
Meine Kletterpartnerin Angela wirft ihre langen, kastanienbraunen Haare zurück und sieht mich ebenfalls strahlend an.
„Du, mit dir auch! Echt cool, was du mir heute alles so an Technik beigebracht hast! Danke, Thomas!"
„Immer gerne!" Mit meinem Handtuch wische ich mir einige Schweißtropfen von der Stirn.
„Bestimmt ist es super-schwer für dich, einen Kletterpartner zu finden, der genauso gut ist wie du, oder?", fragt Angela nach einer Weile nachdenklich.
Dabei kaut sie auf einer Haarsträhne herum, die sich beim Klettern aus ihrem Pferdeschwanz gelöst hat.
„Ja, das stimmt! Aber hier in Berlin ist ja auch kaum jemand in den Bergen aufgewachsen so wie ich", erwidere ich grinsend.
„Das stimmt! Ein unschlagbarer Heimvorteil sozusagen!", meint Angela lachend. „Unsere Kletterhalle ist für dich garantiert ein Kinderspiel im Vergleich zum Klettern draußen in der Heimat!"
„Ja, das schon. Aber im Winter finde ich es trotzdem ziemlich cool in der Halle. Und es sind ja auch einige sehr anspruchsvolle Routen für den Vorstieg dabei", wiegele ich ab.
Angela stopft ihren Gurt und ihre Kletterschuhe in die Sporttasche, um sich Richtung Umkleide zu begeben.
„Wollen wir uns nach dem Umziehen an der Fitness-Bar noch auf einen Absacker treffen?", frage ich sie.
Angela bleibt stehen.
„Ja, klar!", antwortet sie begeistert. Dann zögert sie kurz. „Es ist nur... also, mein neuer WG-Mitbewohner will mich gleich abholen. Er ist gerade aus München hierher gezogen und möchte sich mal die Kletterhalle anschauen. Der ist übrigens genauso besessen vom Klettern wie du! Sogar ein Schwierigkeitsgrad von 10+

ist ihm nicht anspruchsvoll genug! Total der Verrückte! Ihr werdet euch bestimmt gut verstehen!"

„Aha." Plötzlich muss ich schwer schlucken.

Denn unwillkürlich muss ich an Simon denken.

Wie so häufig in den letzten sechs Jahren.

Immer, wenn jemand irgendetwas sagt, was auch nur im entferntesten Zusammenhang mit ihm steht, muss ich an ihn denken. Darüber konnte mich bis jetzt kein Mann hinwegtrösten.

Jede Beziehung habe ich beendet, weil einfach niemand an meinen Simon herangekommen ist. Wahrscheinlich ist es die pure Illusion. Aber Simon hat einen nicht zu vergebenen Platz in meinem Herzen eingenommen.

„Hey, Thomas, weißt du was? Ich schreibe meinem Mitbewohner 'ne SMS, dass wir an der Fitness-Bar sind!", meint Angela plötzlich. „Dann kann er einfach dazu stoßen! Und wir können ihm nach einer kurzen Stärkung gemeinsam die Kletterhalle zeigen!"

„Gute Idee!", nicke ich. Obwohl ich eigentlich gar keinen Bock habe, Angelas neuen Mitbewohner kennenzulernen. Viel lieber würde ich einfach nur alleine mit ihr quatschen.

Aber egal. Es schadet ja nicht, einen weiteren guten Kletterer im Bekanntenkreis zu haben.

****

Eine Viertelstunde später sitzen Angela und ich auf den Barhockern. Mit bunten Strohhalmen saugen wir wie wild an unseren Fitness-Cocktails, um den ersten Durst zu stillen.

„Hey, schau mal, da ist er ja! Huhu, hier sind wir! Hier sind wir, an der Bar!", ruft Angela plötzlich wild gestikulierend.

Ihr neuer WG-Mitbewohner scheint aufgetaucht zu sein.

„Hi Angela!", höre ich jemanden mit einer wohlklingenden männlichen Stimme rufen.

Verwundert stelle ich fest, dass der Klang dieser Stimme bei mir eine Gänsehaut verursacht... ...denn sie kommt mir irgendwie bekannt vor, diese wohlklingende männliche Stimme!

Langsam drehe ich mich um.

Das darf doch nicht wahr sein!
Federnden Schrittes kommt ein Mann so um die Mitte Zwanzig auf uns zu. Während er geht, fällt ihm sein blondes, lockiges Haar ständig in sein von Sommersprossen übersätes Gesicht. Egal, wie häufig er es auch wegzustreichen versucht.

Er hat helle blaue Augen und einen muskulösen, durchtrainierten Körper...

... und mir wird ganz kirre und schwindelig, als ich ihn sehe...

Als sich unsere Blicke kreuzen, bleibt der Mann abrupt stehen.
Er bleibt einfach nur stehen und starrt mich ungläubig an.
„Thomas, bist du das?", fragt er überrascht.
Es klingt, als müsse er schwer schlucken.
Und ich muss ebenso schwer schlucken.
Es fühlt sich an, als wäre der dicke Kloß in meinem Hals mit einem Schlag wieder aufgetaucht.
„Thomas, bist du es wirklich?", fragt Simon abermals.
Ich kann nur noch nicken.
Zum Sprechen bin ich aus unerfindlichen Gründen nicht fähig. Gegen meinen Willen füllen sich meine Augen mit Tränen. Und das, obwohl ich in der Berliner Kletterhalle als der coolste Draufgänger von allen überhaupt gelte.
Jetzt ist Simon ganz nahe bei mir.
Das, was nun passiert, ist nicht mehr rational.
Ich ziehe Simon an mich heran und drücke ihn ganz fest.
So fest, wie ich nur kann.

Ich weiß nicht, was er denkt und ob er das überhaupt will, aber es fühlt sich in diesem Moment als das einzig Richtige an.
Simon schiebt mich jedoch kurzerhand von sich weg.
So ein Mist!, durchfährt es mich. Natürlich hat er keine Gefühle mehr für mich.
Wie auch nach all dem, was geschehen ist?
Die ganze Gefühlsduselei ist nur in meinem Kopf abgelaufen, ohne jeglichen Bezug zur Realität.

Simon sieht mich nur lange an.
Ich habe keine Ahnung, ob er sauer ist oder sich riesig freut, mich zu sehen. Bestimmt habe ich mit meinen Gefühlen in all den Jahren nur einer Illusion hinterhergeweint, und Simon ist in seinem Leben bereits ganz woanders. Ohne auch nur einen müden Gedanken an mich verschwendet zu haben...

Immer noch sieht er mich mit diesem undefinierbaren Ausdruck an.
Dann geschieht das Unerwartete.
Simon nimmt seine rechte Hand und streichelt zärtlich über meine Wange. Genau wie damals in der Nacht auf der Berghütte, als alles angefangen hatte.
Gegen meinen Willen läuft eine Träne mein Gesicht hinunter.
Simon schaut mich ernsthaft an. Dann grinst er spöttisch und zwinkert mir zu.
„Verdammt nochmal, Thomas, mir geht's doch genauso! Ich hab dich so vermisst!", flüstert er.
Auf einmal umarmt er mich ganz fest.
So fest, als ob er mich nie mehr loslassen möchte.
Ehe ich mich versehe, küsst Simon mich.
Angela, die uns mit offenem Mund zugesehen hat, lächelt uns zu. „Euch muss ich wohl nicht mehr gegenseitig vorstellen! Aber ich glaube, ich habe gerade eine Familienzusammenführung vollbracht!", meint sie grinsend. „Da mache ich mich mal lieber schnell vom Acker und lasse euch allein!"

Während sie ihre Sporttasche in die Hand nimmt und sich auf den Weg macht, zwinkert sie uns wohlwollend zu.

„Es tut mir alles schrecklich leid! Du hast mir all die Jahre so gefehlt!", raune ich Simon zu, während wir immer noch eng umklammert vor der Fitness-Bar am Rande der Kletterhalle stehen.

Dabei denke ich, wie verrückt es ist, dass wir uns erst jetzt nach so vielen Jahren in der Öffentlichkeit zum ersten Mal küssen. Und es sich so normal anfühlt. So normal und einfach nur so richtig.

Einige Kletterer gehen an uns vorbei. Niemand scheint unsere Kussaktion als etwas Besonderes zu registrieren. Wir sind einfach nur ein ganz normales Pärchen, das sich küsst.

So ist es eben in Berlin.

So frei und erfrischend normal.

Der Kloß in meinem Hals scheint immer kleiner zu werden, so dass ich auf einmal wieder sprechen kann.

„Wir stehen ab jetzt offen zueinander", murmele ich, „nicht nur hier in Berlin, sondern egal, wohin wir gehen. Ganz egal wohin! Versprochen!"

„Du rennst mir nie wieder weg, Thomas! Hast du gehört! Nie wieder!", sagt Simon nur noch. „Ich lasse dich nie wieder gehen, so einfach ist das!"

Lächelnd sieht Simon mich an.

Mein Entschluss steht fest. Ich werde ihm die Wahrheit über meine Familie erzählen. Denn ich kann ihm vertrauen.

Simon fängt wieder an, mich zu küssen.

Und da spüre ich es.

Der Kloß ist weg. Und zwar für immer.

****

Drei Monate später steigen Simon und ich den Hochstaufen hinauf.

Alles unter uns sieht ganz winzig aus.

Die Bäche, die Wiesen, die Felder und unser idyllisches Heimatdorf.
Ich bin wieder *on top of the world*. Auf meinem privaten Gipfel des Glücks.
Simon und ich und der Berg. Das ist alles, was zählt.
Der Rest kann uns egal sein.
Heute Abend werden wir nach dem Bergabstieg händchenhaltend durch unser Heimatdorf marschieren. Soviel steht fest.

Selbsttäuschung! Die vermeintlich optimale Verabredung

Miriam erzählt.

Als ich noch zur Schule ging, war das Treffen von Verabredungen kinderleicht.
„Miriam, hast du heute Nachmittag Zeit?", fragte mich zum Beispiel meine beste Freundin Klara.
„Au ja, das ist eine super Idee!", erwiderte ich begeistert. „Wo wollen wir uns denn treffen, bei dir, bei mir oder im Freibad?"
„Das Wetter ist so toll, lass uns doch am Eingang vom Schwimmbad treffen! Sagen wir um drei?", schlug Klara strahlend vor.
„Cool. Dort um drei, wie immer!"
„So machen wir es!"
Es war zutiefst faszinierend. Ein Wortwechsel, der gerade mal eine Minute dauerte, und schon stand alles fest: Der Tag, die Uhrzeit, der Ort und was wir unternehmen würden.
Kurzum: Das perfekte Treffen.
Da weder Klara noch ich ein Smartphone besaßen, tauchten wir dann tatsächlich extrem pünktlich zum verabredeten Zeitpunkt vor dem Schwimmbad auf.

Heute gestaltet sich das Treffen von Verabredungen in meinem Alltag weitaus schwieriger.
Und das ist doch höchst seltsam!
Denn eigentlich sollte es durch die Einbeziehung sämtlicher Kommunikationswege wie SMS, WhatsApp, E-Mail, Facebook, Skype und der zusätzlichen Möglichkeit eines profanen Anrufs auf meinem Smartphone mega-einfach sein.
Theoretisch bin ich überall und jederzeit erreichbar - egal, wo ich gerade in der Weltgeschichte herumdüse.
Total easy eben.
Aber das Gegenteil ist der Fall!

So möchte ich mich zum Beispiel mit meiner Freundin Elke treffen.
„Also, diese Woche habe ich nur noch potenziell am Donnerstag Zeit", gibt Elke bekannt, während sie wie hypnotisiert auf den Kalender ihres iphones starrt.
„Was heißt denn potenziell?", frage ich etwas irritiert über diese kryptische Antwort. „Kannst du jetzt am Donnerstag oder nicht?"
Elke zuckt mit den Schultern.
„Nun ja, ich habe meiner Tennispartnerin Sandra eine SMS geschrieben, ob wir uns am Donnerstag treffen wollen. Sie hat bis jetzt aber noch nicht geantwortet", erklärt sie schließlich, „daher ist dieser Termin nur optional für dich frei. Wir können uns also nur treffen, falls Sandra am Donnerstag bereits andere Pläne hat und nicht mit mir Tennis spielen will."
Genau in dem Moment vibriert mein Handy.
Ich sehe nach.
Oha! Eine SMS von meinem Studienfreund Charlie, der bei mir im Kiez um die Ecke wohnt.

„Hallo Miriam, hast du Lust am Donnerstagabend den neuen Italiener am Nollendorfplatz auszuprobieren? LG Charlie", steht da hübsch in der SMS geschrieben.
Hypothetisch könnte ich Charlie jetzt simsen:

„Potenziell habe ich Zeit – aber nur falls die Freundin, mit der ich mich ursprünglich verabreden wollte, am Donnerstag nicht kann, weil ihre Tennispartnerin, deren Rückmeldung momentan noch aussteht, ihr doch noch kurzfristig zugesagt hat."

Man stelle sich vor, Charlie würde auf diese lockere Art der Verabredung eingehen und dann selbst von einem weiteren Freund eine Einladung erhalten, den er wiederum unverbindlich vertrösten müsste. Auf diese Weise können ganz fix hoch komplizierte Verquickungen von Verabredungsketten entstehen. Und all diese Verabredungen sind dann lediglich *potenzieller Natur*!

„Bis wann möchtest du denn Rückmeldung haben?", reißt Elke mich aus meinen Gedanken. „Würde dir Donnerstagnachmittag reichen?"
Unwillkürlich muss ich grinsen. Denn mal ehrlich. Mir wird das alles viel zu kompliziert!
Ich ertappe mich dabei, dass ich mich heimlich nach der simplen Klara-Verabredungsmethode aus der Schulzeit zurücksehne. Diese ewige Optimierung ist doch die reine Selbsttäuschung!
„Ach, Elke, weißt du was? Wir suchen uns einfach einen anderen Tag, für den wir uns richtig fest verabreden, okay?", schlage ich vor.
„Aber vielleicht würde es bei mir am Donnerstag ja trotzdem klappen! Ich weiß das halt nur erst viel später, nach Sandras Rückmeldung", meint Elke.
„Ist ja alles schön und gut, aber ich stehe nicht so auf Unverbindlichkeiten. Außerdem hat mir gerade ein Kumpel geschrieben und mich gefragt, ob wir am Donnerstagabend zum Italiener gehen wollen. Da sage ich doch lieber fest zu, und wir treffen uns ein anderes Mal", erwidere ich entschieden.

Ich schreibe Charlie begeistert zurück: „Ja, ich habe Zeit und freue mich!"

****

Noch komplizierter gestaltet es sich mit der Unverbindlichkeit, wenn man etwas in Gruppen organisiert. So wollen wir mit ein paar Bekannten ins Kino gehen und suchen händeringend nach einem Termin dafür. Für diesen Samstag haben lediglich Hendrik und ich fest zugesagt. Claudi, Andi, Mareike und Tina lassen sich trotz Nutzung des tollen *doodle*-Terminfindungswerkzeugs irre viel Zeit mit ihrer Rückmeldung.

„Wir können diesen Samstag ja trotzdem zu zweit etwas essen und danach ins Kino gehen", verabreden Hendrik und ich per Mail.

Um zumindest eine verbindliche Verabredung zu haben. Hendrik fragt mich, an welchen Filmen ich Interesse habe. Gleichzeitig gibt er dabei an, welche Filme er bereits gesehen hat und was ihn überhaupt nicht interessiert. Als ich Hendrik zwei Tage später nach sorgfältigem Studium des Kinoprogramms - unter besonderer Berücksichtigung seiner Präferenzen - darauf antworten möchte, finde ich eine weitere E-Mail von ihm in meinem Postfach vor:
„Miriam, was hältst du denn davon, anstelle ins Kino zu einer Nacktaufführung des alternativen Theaterstückes „Depressive Monologe einer Post-Wechseljahre-Frau" auf der modernen Kunstbühne zu gehen? Ich werde mir das anschauen - alleine schon, weil es so abgefahren klingt! Das Ticket kostet fünfzig Euro! Die ganze Stadt redet davon, so etwas möchte ich auf keinen Fall verpassen!"

Auch wenn die Intention von Hendrik sicherlich eine gute ist, so müsste er mich doch lange genug kennen, um zu wissen, dass ich nicht sonderlich auf Nacktaufführungen von depressiven Post-Wechseljahre-Frauen stehe.
Vor allem nicht zu diesem hohen Preis.
Auch wenn die Show super-abgefahren klingt!
„Das ist nun leider überhaupt nicht mein Ding und mir ein bisschen zu teuer", schreibe ich ihm zurück, „aber wenn du soviel Wert darauf legst, dorthin zu gehen, sollte dich das davon nicht abhalten. Viel Spaß dabei!"
„Wie schade, dass du nicht mitkommst", schreibt Hendrik sichtlich enttäuscht zurück, „ich stehe auch nicht so auf Post-Menopause-Monologe, aber alleine um mitreden zu können, lohnt sich der Besuch sicherlich! Wäre das nicht trotzdem ein Grund für dich mitzukommen?"
Ich schreibe Hendrik zurück, dass selbst das Stadtgerede mir nicht wichtig genug ist, um mich spontan für die depressiven Post-Wechseljahre-Monologe zu begeistern.

Bei dem ewigen Versuch, den eigenen Freizeitnutzen zu optimieren, scheint es vielen von uns gar nicht mehr möglich zu sein, sich irgendwie festzulegen.

Ständig streben wir nach der bestmöglichen Kombination aus Leuten und Aktivitäten.

Und immer noch haben wir diese fürchterliche Angst, etwas zu verpassen, was noch cooler, noch lustiger, noch hipper sein könnte.

Deshalb täuschen wir munter alle anderen und uns selbst, damit wir uns bis zur letzten Sekunde alles offen halten können.

****

Am exzessivsten betreibt meine Bekannte Moni diesen Sport der ewigen Freizeitoptimierung. Und sie findet das noch nicht mal anstrengend. Fairerweise muss man sagen, dass Moni Mitte zwanzig und den sozialen Medien in ihrem Freundeskreis viel mehr ausgeliefert ist, als ich es bereits bin.
„Ich verabrede mich gar nicht mehr vorher verbindlich", erklärt sie entschieden, „ich schaue einfach jeden Tag auf meiner Facebook-Seite nach, was gerade für Aktivitäten bei meinen Freunden anstehen und wer woran teilnehmen will. Wenn ausreichend nette Leute bei 'nem coolen Event dabei sind, passt es perfekt! Da gehe ich dann hin!"

Moni findet, dass sie total ehrlich ist.
Denn schließlich täuscht sie niemandem vor, dass sie noch nicht fest zusagen kann, während sie in Wirklichkeit dabei ist, attraktivere Optionen auszuloten. Ganz offen steht sie dazu, immer nach der coolsten Freizeitmöglichkeit Ausschau zu halten und sich nicht festlegen zu wollen.

****

Den größten Kulturschock in der Welt der Verabredungen erlebte meine Freundin Kristin.
Als sie ihren neuen Freund nach einem Date fragte, wann sie sich denn das nächste Mal sehen wollen, antwortete er: „Am Dienstag habe ich Zeit, da können wir uns treffen!"
Freudig fieberte Kristin dem Dienstag entgegen, obgleich sie sich ein wenig wunderte, dass ihr neuer Schwarm Dominik sich überhaupt nicht meldete.
Schließlich fasste sie sich ein Herz und rief ihn am Dienstag in der Mittagspause an, um sich zu erkundigen, wann es ihm abends denn passen würde.
Zu ihrem großen Erstaunen erwiderte Dominik: „Ich habe heute Abend zwar theoretisch Zeit, aber da findet gleichzeitig im Kunstmuseum ein Vortrag zum Thema Bauhaus statt. Außerdem hat mich meine Kollegin Gabriele vorhin gefragt, ob wir heute Abend nicht zwei Stunden laufen gehen wollen. Das erscheint mir gerade als die attraktivste Option, da ich in den letzten drei Tagen überhaupt keinen Sport getrieben habe."
„Ja, aber, ich dachte, wir wären verabredet...", stotterte Kristin ziemlich enttäuscht am Telefon.
„Nee, waren wir nicht! Du hast gefragt, wann wir uns treffen wollen, und ich habe dir geantwortet, dass ich Dienstag Zeit habe und wir uns da treffen können. Ich habe damit aber nicht fest zugesagt, dass wir es tun!"

An dem Abend ging Dominik tatsächlich mit seiner Kollegin laufen.
Nach sechs weiteren Dates mit Dominik musste Kristin sich ziemlich frustriert eingestehen, dass Dominiks Art der Freizeitoptimierung so was von gar nicht optimal für sie war. Sein Nutzen wurde dabei zwar ganz wunderbar maximiert, der ihrige nur leider überhaupt nicht!

****

Und ich stelle mir allmählich die Frage:
Geht es am Ende nur um den coolen Schein, mal wieder etwas total Abgefahrenes erlebt zu haben – auch wenn wir den Abend vielleicht am liebsten alleine auf dem

Sofa verbracht hätten? Täuschen wir uns mit der ewigen Freizeitnutzenmaximierung nicht alle selbst? Das artet doch nur in purem Stress aus, diese ewige Optimierung!

Vielleicht macht es ja auch super-glücklich, einfach bei der ersten Verabredung gleich zuzusagen und etwas mehr Verbindlichkeit im Alltag zu haben. Denn die vermeintlich coolste Freizeitaktivität muss nicht immer diejenige sein, die uns am glücklichsten macht.

Aber sogar uns selbst gegenüber zählt der Schein manchmal mehr als das Sein.

Über die Autorin

Jule Herzflug, Jahrgang 1979, lebt in der pulsierenden Metropole Berlin, deren Mischung aus Kreativität und Wandel sie stets aufs Neue inspiriert. Davor hat Jule mehrere Jahre in Dänemark gewohnt und dabei den hohen Norden kennen- und liebengelernt. Wenn sie nicht gerade Geschichten schreibt, geht Jule unter ihrem bürgerlichen Namen dem geregelten Berufsalltag nach, den sie als sehr bereichernd empfindet. Da sie im Beruf eher logisch und analytisch arbeitet, stellt das kreative Schreiben im Urlaub die perfekte Ergänzung dar.